[NAME] マチルダ

街の商家に生まれ11歳でギルドの
受付嬢見習いとして働き始める。
同時期に冒険者になった
アレンの良き理解者。
あることがきっかけでアレンに
密かに好意を寄せている。
現在はギルドの事務職員で
時々受付業務をしている。

[NAME] ネラ

『レベルダウンの罠』の
仕組みを駆使して
圧倒的な能力を手にしたアレンが、
正体を隠すために作った人物。
その実力は人類最強レベルで、
高ランクのモンスターでも
難なく倒すほど。
通称は『ティアドロップのネラ』。

耳をつんざくような
エンシェントドラゴンの叫びに、
アレンは反射的に全ての思考を破棄して
イセリアがいるであろう
エンシェントドラゴンの正面に
向かって走り始めた。
エンシェントドラゴンの叫びは
ガッガッガッ、と独特のリズムで
続いており、それがアレンには
まるでイセリアの残り時間を
刻んでいるかのように聞こえていた。

（くそっ、間に合えよ）

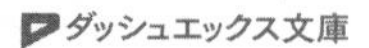

レベルダウンの罠から始まるアラサー男の万能生活

ジルコ

【第一章】雑用ギルド職員とスライムダンジョン

「はあ～」

面倒だから切ったとでも言わんばかりに不ぞろいな茶髪を揺らしながら歩いていた男が、深いため息を吐きながら目の前にいるゼリー状のモンスター、スライムを踏みつける。

ぐちょっという普通ならば気持ちの悪い感触にもその黒に近い茶色の瞳は幾分も揺れることはなく、男の表情も全く変わらない。まあ変わらないと言ってもその顔はやる気の感じられないやさぐれたものではあるのだが。

その男は潰れたスライムから小指の先ほどの魔石を取り出し、腰に提げた使いこまれた袋へと入れた。子供でも踏めば倒せるスライムの魔石の価値などないに等しいが、しっかりと仕事をした証明として持って帰らなければならないのだ。

「なんだかなあ」

薄暗い洞窟の中で独り言を呟きながらスライムを踏んで倒しているその男の名はアレンという。二十九歳の元冒険者で、現在は冒険者ギルドの新人職員である。

冒険者ギルドとは人の害となるモンスターを狩ったり、護衛任務をしたり、時にはお使いをしたりする、ある意味では何でも屋ともいえる冒険者たちを取りまとめる組合だ。

冒険者となるには特に資格などはいらないのだが、モンスターと戦ったりする危険な仕事がその大多数を占めている。そんな職業に就くのは荒くれ者も少なくない。そういった者たちを管理・監視するための組織が冒険者ギルドだと言った方がわかりやすいかもしれない。

そんな冒険者ギルドではあるが、その仕事の一つにダンジョンの適正な管理というものがあった。

ダンジョンとはモンスターを作り出す不思議な空間のことである。

その中ではモンスターを倒しても、一定時間経過すればどこからともなく自然に発生してしまうし、それだけでなく誰が設置したわけでもないのに対応を誤れば死んでしまうような罠が仕掛けられていることもあった。

これだけ見るとあまりメリットがないようにも思えるが、モンスターが発生し続けるということはその体内から採取できる魔石やそのモンスターの皮や肉などの素材が得られるということでもある。

モンスターの皮は服や靴などに使用され、肉は食肉として、そして魔石は照明などの魔道具の燃料として人々の生活を豊かにしてくれる。つまり別の見方をすれば資源の宝庫とも言えるわけだ。

またダンジョンには主に深層になるが、宝箱が設置されていることがあり、そこから見つかった財宝によって億万長者になったという冒険者も一人や二人ではない。それも人々がダンジョンに惹きつけられる魅力の一つだった。

若者たちはいつか自分も、とそんな夢を見ながら冒険者になり、そしてそのほとんどが夢破れていく。それがダンジョンという場所だった。

アレンが現在いるのはそんなダンジョンのうちの一つ、通称スライムダンジョンだ。

このスライムダンジョンはダンジョンであるのにもかかわらず、アレン以外に誰も入っていない、そんな寂れたダンジョンだった。その理由は入場に制限がかかっているなどではなく、ただ単純に魅力に乏しすぎるせいで不人気だからだ。

ダンジョンの名前通りこのスライムダンジョンにはスライムしか存在しない。ごつごつした岩の内部にできたような洞窟型の地下三階層の構造をしているが、出てくるスライムの強さは似たり寄ったりであり、その弱さは踏むだけで子供でも倒せるほどだった。

モンスターを倒せば経験値が得られ、それが一定量貯まるとレベルアップする。しかし子供でも倒せるほど弱いスライムを、大の大人が倒して得られる経験値など微々たるものであり、得られる素材も同じく微々たる価値しかない小さな魔石のみで稼ぎにもならない。

階層が浅いため宝箱も期待できず、もはや来る価値なしと誰もが認めるダンジョン、それがスライムダンジョンだったのだ。

そんな価値のないダンジョンになぜアレンがわざわざ来てスライムを倒しているのかと言えば、ギルドの仕事の一つであるダンジョンの適正な管理のためであった。

ダンジョンの特性として、誰もダンジョンに入らず放置し続けると、スタンピードといってダンジョンのモンスターが大量に外へとあふれ出る現象が引き起こされるのだ。

そもそもダンジョンはその領地を治める貴族の所有物であり、その管理を冒険者ギルドに委託しているに過ぎない。そんな冒険者ギルドが管理を怠り、スタンピードを起こしたとなれば、確実にギルドの上部の人間の首が物理的に飛ぶことになる。

それはこのスライムダンジョンでも変わりはない。人的被害は出ないかもしれないが、農作物や家畜に被害が及ぶ可能性があるためだ。

通常ならばギルドの職員が行くのではなく依頼を出して冒険者に行ってもらうのだが、不人気すぎて誰も受ける者はいなかった。それで仕方なく元冒険者であるアレンにお鉢が回ってきたというわけだ。

「くっそー、あのギルド長。人をこき使いやがって。前任が辞めたのって絶対これのせいだろ!」

以前は高名な冒険者だったが、今となっては見る影もなくぶよぶよと太った髪の薄いギルド長の顔をスライムに重ね合わせながら、アレンは苛立ち紛れに何度もそれを踏み潰す。一瞬、気持ちがスカッとしたが、残っているのはぐちゃぐちゃになった自身の靴と魔石だけでギルド長の顔が潰れたわけではない。

「はぁ、虚しい」

前任の職員が辞めたことによって、運良く冒険者ギルドへとアレンが就職できたのは一カ月前のことだ。そしてその日からずっと続く一人でスライムを踏み潰す日々はアレンの心を早くもむしばみ始めていた。このままで大丈夫なんだろうか、そんなことをアレンが考え始めたその時……

ゴゴゴゴゴゴ！

「うおっ」

突然のダンジョンの鳴動にアレンが驚きの声を発しながらとっさに壁に手をつく。そしてそれとほぼ同時に思いっきり顔をしかめた。

しばらくすると揺れは収まりダンジョンは平静を取り戻したが、アレンの表情が良くなることはなかった。

「マジかよ。うわぁ、仕事が増えたじゃねえか」

アレンが胸元からこのスライムダンジョンの地図を取り出し広げる。この地図はギルドが数年前に作成したもので、罠の位置やモンスターの初期発生位置が描かれたものだ。こういったものを作ることで冒険者の死亡率を減らし、より効率的にダンジョンを攻略できるようにするのも冒険者ギルドの仕事ではあるのだが……

「はぁ、入り口から調査し直すか」

アレンは頭をがしがしと乱暴にかきながら入り口に向かって歩き始める。

先ほどの鳴動はダンジョンの構造が変わった合図なのだ。つまり、今アレンが手に持っている地図に描かれた罠やモンスターの発生位置はすでに変わってしまっており、この合図の後でも唯一変わらない地形を確認する目的以外では全く役に立たなくなったことを意味していた。

ダンジョンの構造が変わった場合、地図の作製は最優先事項になる。それをこなすだけの実力があれば、冒険者であろうとギルド職員であろうと変わりはない。そもそも構造が変わるのは十年に一度あるかないか程度ではあるので、全く関わったことのない幸運な冒険者もいるのではあるが。

「しかし、俺以外入らないこんなダンジョンの地図なんているのか？」

ぶつくさと文句を言いながらもアレンは入り口から調査を始める。その足取りは先ほどまでと比べればかなり慎重だ。

ダンジョンの構造が変わろうとも基本的に出現するモンスターに変化はないので出てくるのはスライムだけである。つまりモンスターに関して危険性はほぼない。

問題となるのは罠の方だった。

三階層しかないスライムダンジョンならば、そう大した罠が設置されることはないということをアレンは経験上知っていた。しかしそれでも罠は罠。不意にかかってしまえば大怪我をすることもありえた。

アレンは十二歳から冒険者をしていたベテランである。その経験の中で斥候の役割を請け負ったことも少なくなかった。その経験のおかげもあり、アレンはそれほど苦労することなく罠を発見し、わざとそれを発動させてどのような罠か確かめながら地図へと書き込んでいく。

臨時でパーティを組んだ時、アレンは他のダンジョンでもっと難しい罠を相手にしていたのだ。三階層しかないスライムダンジョンの罠で苦労するようなことなどなかった。

昼前には一、二階層の罠の調査が終わり、簡易な昼食を食べて三階層の調査へとアレンは乗り出した。

最下層である三階層の調査も問題なく進んでいく。そもそもスライムダンジョンは三階層あるのだが、全部の経路を廻ったとしても一日で廻り切れてしまうほど狭く小さなダンジョンなのだ。

罠もあるがすぐに発見できるような、危険性の低いものばかり。アレンはさっさと調査を終わらそうと少し足を速め、一つの小部屋へと入る。

何の変哲もないその小部屋に罠がないことを確認すると、アレンは中央に鎮座していたスライムを踏み潰した。次の瞬間、その足元に白い光の魔法陣が浮かび上がり、ピコンという音が

アレンの脳内で響く。

「うおっ、マジかよ。ステータス」

アレンの前にアレンだけにしか見えないステータスボードが広がる。そこに表示されたアレンのステータスは想像通りの変化を遂げていた。

予想が当たったにもかかわらず全く嬉しそうな様子など見せず、アレンは逆に頭を抱える。

「うわっ、やっぱレベルアップの罠かよ。こんな浅い場所にあるなんて、かなり珍しいな」

アレンのステータスボードに表示されていたレベルは百六十八。先ほどまでは百六十七だったので罠によって一レベル上がったことになる。

それだけを聞くとラッキーな罠のようにも思えるが、このレベルアップの罠には命の危険は全くないが落とし穴があるのだ。そのせいで死亡するような罠を除けば、冒険者に嫌われている罠の代表格と言ってもよかった。

発動するまで罠の存在が外見上わからないなどの理由もあるのだが、嫌われる最も大きな理由としては、レベルアップにより上昇するステータスが全て一で固定されてしまうことにあった。

通常であるならばレベルアップ時には一から十の数値の間で能力が上昇するのだ。それが全て一になってしまうということはレベルアップしたのにもかかわらずほぼ成長していないのと同義である。嫌われるのも当然だろう。

ちなみに通常のレベルアップ時に上昇する数値はそのレベルアップをするまでの行動によっておおよそ決まっていると言われ、戦士であれば攻撃力や防御力(ぼうぎょりょく)が、魔法使いであれば魔力や知力が上昇しやすくなっている。上昇する数値を平均すると四から五程度だ。

もちろんレベルアップによる恩恵を最大限に受けるため上昇する数値に条件等がないか研究もされているが、経験則以上のことが判明したなどということは冒険者生活の長いアレンも聞いたことがなかった。

「ははっ、いっそのこと上限まで上げちまうのも手だな」

少しやけになりながらアレンがそんなことを言う。なぜならアレンのステータスはレベルの割に低く、平均的でどっちつかずのものだったからだ。

歳(とし)の離れた弟や妹を食べさせるために冒険者になったアレンは、長い期間家を離れることができないため固定のパーティを組むことができなかった。そのため単独もしくは臨時パーティを組んでここまでレベルを上げてきたのだ。

臨時パーティを組む時、その要望でアレンの役目は戦士、魔法使い、斥候と様々に変わった。

それができるからこそ色々なパーティに呼ばれたのだが、同じレベル帯の者からすればアレンのステータスは良く言えば平均的、悪く言えば中途半端で使えないというものになってしまったのだ。そしてそのことを十分アレンは自覚していた。ある意味ではコンプレックスになってしまっていたとも言える。

半ば本気でそうしようかと考えつつもアレンは調査を進め、最奥のボス部屋でこのダンジョン最強の存在であるヒュージスライムをあっさりと倒し、全ての部屋を廻り終えた。

宝箱が出ることもなかったし、新たな地下への階段ができており階層が増えた、などということもなかった。

なんてことのない変化だったなと少し落胆しつつ、アレンは一応ボス部屋の調査を行う。とはいえボス部屋に罠があることは基本的にはない。自ら罠を張るようなボスもいることはいるが、ヒュージスライムはそういったことをするようなボスではない。

帰ったら何を食おうか、そんなことを考えつつアレンが壁を調べていたその時だった。入り口近くの壁の隅、アレンでも注意深く見なければ気づかないほどかすかな違和感がそこにはあった。アレンが見つけられたのははっきり言って偶然。そんなレベルのものだ。

アレンが緊張した面持ちで壁を調べ、見つけた可動する壁を慎重に押す。すると、ゴゴゴゴという音とともにアレンを奥へと誘う隠し通路が目の前に現れた。

その隠し通路はアレンの持っている地図には載っていないものだった。

「うわっ、もしかして調査漏れか？　今回変わったって可能性もあるが判断できねえな」

アレンがゆっくりと慎重に歩を進める。

数メートルほど先に部屋があるのは外から見てわかっていた。しかし地図に載っていない、しかもかなりわかりづらく隠されていた通路なのだ。その先への期待感はあるものの、それと同時に慎重にいかなければとアレンは自らを律していた。

未知の場所へと行くときは慎重すぎるくらいがちょうど良いのさ。

それはかつてアレンに斥候のイロハを教えてくれた斥候専門の冒険者が口を酸っぱくして言っていたことだった。

隠し通路を進んだアレンはその奥にあった部屋の入り口まで来ると、慎重に左右を見回した。見たところ罠の類はなく、そして宝箱もなかった。

「期待させるだけさせてスカかよ。はぁ～。いや、スライムダンジョンに期待なんかしてなかったけどな」

誰に対する言い訳かよくわからないことを呟きながらアレンが複雑な表情のまま部屋へと入る。一応、部屋の四隅を歩き回り、壁を叩いたりしてみたがさらに奥へと続く隠し通路があるようなことはなかった。

ふぅ、と息を吐いたアレンがそれ以上壁を調査するのをやめ、部屋の中央へとさしかかった瞬間、足元に先ほどとは違う赤い魔法陣が現れた。そして再び脳内にピコンという音が鳴り響く。

アレンにとって初めて経験する罠ではあったが、その光景に心当たりのあったアレンはその結果を見る前からがっくりと肩を落としていた。

「ステータス」

アレンの目の前に表示されたステータスボードに書かれているレベルは百六十七。

先ほどレベルアップの罠で上がったはずのレベルが元へと戻っており、レベルアップに伴って全て一上がったステータスもレベルアップの罠を踏む以前の数値へと戻っていた。

「はぁ、レベルダウンの罠まであるのかよ。意味ねぇ～」

アレンの愚痴がその小部屋に響く。

レベルダウンの罠はその名の通り、罠を踏む前のレベルになってから稼いだ経験値が全て消え、さらにレベルが一落ちてしまうという凶悪なものだった。

今のアレンで説明するならば、レベルアップの罠を踏んで百六十八レベルになって以降に倒してきた数体のスライムから得た経験値がなくなり、さらにレベルが百六十七になってしまったということである。

ただ一レベル下がって百六十七レベルになったとはいっても、百六十八レベルに上がる直前まで経験値は貯まっている。つまり、なにかモンスターを倒せばすぐに百六十八レベルには戻れるのだ。実質、罠を踏んだ時のレベルの間に稼いだ経験値を全て失ってしまう罠と言ってもよいかもしれない。

こういった性質からレベルアップにかかる経験値が少ない低レベルの間であれば被害は少ないのだが、レベルアップのために多くの経験値を必要とする高レベルの冒険者たちからは蛇蝎のごとく嫌われている罠である。なにせ、次のレベルアップの直前に踏んでしまえば苦労して稼いだ経験値が全てパアになってしまうのだから当然だ。

しかもこの罠もレベルアップの罠と同様、初見では発見できない。つまり情報がなければ避けようがないのだ。

「はぁ、帰るか」

アレンは一つため息を吐くとその部屋から外へと出た。ボスは倒すと二十四時間は出てこないため、ヒュージスライムと再び戦う必要はない。先ほどまでは多少マシな顔になっていたアレンだったが、既にダンジョン改変前のやる気の感じられない表情に戻ってしまっていた。

アレンがとぼとぼとした足取りで出口を目指す。なまじ最後の隠し部屋への期待感が高かったため余計に疲れてしまったのだ。

「とりあえず罠の調査は終わったけど、モンスターの発生位置はまだだしなー。一応報告だけしておいて地図の完成は後日だな」

そんなことを呟きながら歩いていると目の前に一匹のスライムが現れた。

特に何も意識することなく半ば習慣のように踏み潰し、その魔石を拾おうとしたアレンだったが脳内に響いたピコンという音にその動きを止めた。

「そういえばレベルダウンしたんだったな。へぇ、スライムでも上がるなんてすげえな。ステータス」

曲げていた腰を伸ばし、レベルアップ時のいつもの癖で何気なくステータスボードを出したアレンがその画面を見て全く動かなくなる。

ステータスボードに書かれているレベルは百六十八。それ自体におかしなところはない。レベルダウンの罠はそのレベルになってから得た経験値が0になり、一つレベルが下がるだけなのだから罠によって百六十七レベルになったアレンがスライムを倒せば、百六十八レベルになるのは当然のことだ。

アレンが動きを止めたその原因は、レベルアップによって上昇した自分のステータスの数値だった。七つあるステータスの項目、攻撃力、防御力、生命力、魔力、知力、素早さ、器用さ、その全ての数値が十上がっていたのだ。

「はぁ～!?」

アレンの叫び声がダンジョン内に響き渡ったが、スライム以外誰もいないダンジョンでそれを気に留める者などどこにもいなかった。


アレンはダンジョンをジョギング程度の速度で軽く走っていた。

ダンジョンに設置された罠が発動してから再設置されるまでの時間はおおよそ三分。レベルアップとダウンの罠の間の距離は軽いジョギング程度で走って三分。検証するにはちょうど良い距離だった。

アレンは罠によってレベルアップし、そして隠し部屋の罠を踏んでレベルダウンし、レベルアップの罠を再び踏みに行く道中でスライムを倒してレベルアップする、ということを繰り返す。

その検証はアレンのレベルが百八十になるまで続けられた。

「ふぅ、絶対に十上がるというわけではないんだな。最初は単に運が良かっただけか」

計十三回のルーチンを繰り返したアレンがそんな結論を出す。

スライムを倒した時に上がったステータスの数値は三であったり九であったり、もちろん一ということもあった。共通するのは全てのステータスの項目が同じ数値だけ上がるということ。

一度だけ例外はあったが、その理由についてもある程度アレンには予想がついていた。

「なぜ全ての項目が同じ数値上がるのかは……うーん、スライムを倒すのに特に何もしていないせいか？　全部十上がって嬉しくて思わず本気で走っちまった後のレベルアップでは特化して素早さが上がったし。きっと、ちょっとしたことで変わっちまうんだろうな」

実際、アレンがスライムを倒すときにしたのは足を踏み下ろすことだけだ。それはモンスターを倒すためというより、歩くのとほぼ変わりがない。

特に何かの力を意識しているわけではないので、全てがまんべんなく上がったのではないか。

アレンはそう予想を立てた。

「こんなこと聞いたことがないが。うーん」

アレンは迷っていた。この事実を知らせればそれこそ冒険者のみならず一般人も大挙して、このスライムダンジョンに押し寄せてくるだろう。レベルとステータスが苦もなく上がるのだ。ギルドがかなりのお金を徴収（ちょうしゅう）してそれに制限をかけたとしてもおそらく来るとアレンは予想した。

しかしそうなると、何の苦労もせずに強大な力を手に入れる者が街にあふれ返ることになる。それがアレンには危険に思えた。

これがただのレベルアップの罠だけであれば良い。レベル五百まで上げたとしてもそのステータスは、レベル一の状態のステータスである平均百を加えても六百程度。レベル百強の中堅の冒険者と同等と考えればそれなりの強さではあるが、あくまでそれなりである。鍛（きた）え上げた兵士などならあっさりと取り押さえられる程度とも言える。

しかし、レベルダウンの罠とスライムを踏んでレベルアップすることを組み合わせれば、その何倍ものステータスを手に入れることが可能になってしまうのだ。人外と呼ばれる最高位の冒険者や魔法を極（きわ）めし者と言われる王宮筆頭魔術師をも超えるステータスを。

アレンは冒険者としてコツコツレベルを上げてきた。危険と向き合い、そしてレベルを上げる大変さを知っているから力に酔うこともなく、住民に強く当たるようなことはしない。それは他の大多数の冒険者も似たようなものだ。

しかし時として強大な力を不意に持ってしまった者が、まるで人が変わってしまったかのようになることをアレンは知っていた。そしてそれがおよそ不幸な結果で終わることも。

レベルアップにより力をつけることに慣れている冒険者であってもそうなのだ。それに慣れていない一般人がそんな力を手に入れてしまえばどうなるか。少なくとも良い結果に終わるなんてことはほぼないだろうとアレンは予想したのだ。

「それに面倒だしな」

付け加えるように言ったその呟きもアレンの偽らざる思いだった。

レベルアップの罠だけであればまだ良い。一時期はそれを使用するために人が押し寄せるかもしれないがそれは大抵、街の住人であり、いつかはその需要も落ち着くからだ。わざわざモンスターに襲われる危険を冒してまで他の街からやってくる者はそこまで多くないだろうとアレンは考えた。

しかし、もしステータスが大幅に上昇するこの方法が見つかってしまえば、国中、いや世界中からこのダンジョンへと人がやってくるようになるかもしれないのだ。

スライムダンジョンに世界中から人が押し寄せるような状況になればギルド職員であり、ギルドの誰よりもスライムダンジョンに詳しいアレンは確実に巻き込まれる。下手をすれば一生の間、それが続くかもしれない。

さすがにそれはアレンも嫌だった。

「よし、知らなかったことにしよう。幸いレベルダウンの罠のある部屋はベテランの斥候じゃないと気づかないだろうし、そんな奴はここには来ないからな」

そう結論を出し、アレンは何事もなかったかのようにいつもどおりの日常へと帰ろうとした。

しかしその足は地上へと続く階段を上る一歩手前で止まる。

自分の心の中から声が聞こえたような気がしたのだ。これはチャンスじゃないか。そんな声が。

歳の離れた弟や妹のためにがむしゃらに働いた十代。仕事にも慣れたが固定パーティを組むことができず同レベル帯の奴らから自分のどっちつかずのステータスを鼻で笑われた二十代。はっきり言ってアレンは冒険者として冒険をしたことなどない。それよりも堅実に金を稼ぎ、家族を養い、そしてなにより生きることに必死だったからだ。

しかしすでにアレンは二十九歳。弟や妹も独り立ちし、アレンの手からは離れている。ならばここから冒険者らしく生きてみるのも楽しいのではないか。

「いやいやいや、俺はもうギルドカードも返還したし、そもそもギルド職員なんだぞ」

使いこまれたジャケットの胸につけられた冒険者ギルド職員であることを証明するバッジへとちらりと視線をやって、そう言いつつも、アレンの足は階段を登ろうとはしない。その事実がアレンの本音はその言葉どおりではないことを何より物語っていた。

ふぅ～、とアレンが大きく息を吐く。目を閉じてしばらく立ち尽くし、そしてそのまま振り返って目を開けた。その瞳はやる気のないギルド職員のものではなく、初めて冒険者になる新人のようなキラキラとしたものへと変わっていた。

「やり直してみるか。もう一度」

そう言うとアレンは、再びボス部屋にある隠し通路へと足を向けるのだった。

「あら、アレン。少し遅かったわね」

「ああ、ついでにちょっと用事を済ましていたんでな」

陽も落ち、仕事を終えた冒険者たちが酒場で騒ぎ出すころにアレンは自身が所属するライラックの街の冒険者ギルドへと戻ってきた。

ライラックは、この世界で最も大きな陸地である中央大陸に存在し、そこにある国の中でも三本の指に入る強国と言われるエリアルド王国の南西に位置する都市である。

人口のみを比較すればライラックより多い都市はエリアルド王国の中にいくつかあるが、経済規模で比較するとなると肩を並べるのは王都のほかに二、三しかない、それほどの大都市だ。

そしてライラックは周辺に四つのダンジョンを抱えていることもあり、アレンが職員として働く冒険者ギルドも王都に次ぐ規模の大きさを誇っていた。

ギルドのカウンターには仕事を終えた冒険者たちがお気に入りの受付嬢を目当てに並んでおり、奥の酒場では報酬を受け取った冒険者たちがその日稼いだお金全てを浪費するような勢いで酒を飲んで騒いでいる。

ホールはそんな冒険者たちで溢れて混沌としており、慣れない者にとっては歩くことさえ容易くないほどだった。そんな光景をアレンは少しだけ懐かしく思いながら眺める。

アレンが入ってきたのは冒険者たちが出入りする正面の出入り口ではなく、職員が使っている裏口だ。既に冒険者を辞めたアレンが正面の入り口を使うことはない。

それはさておき、ギルドへと戻ってきたアレンに声をかけてきたのは元受付嬢のマチルダだった。歳はアレンと同年代の二十代後半であり、肩ほどの長さの明るめの茶髪を緩やかにウェーブさせた鼻筋の通った美人である。白シャツに赤茶のジャケットとスカートというギルドの制服が大人の魅力を引き立てている彼女だが、アレンが冒険者として登録したほぼ同時期にギルド職員の見習いとして働き始めた、ある意味で同期のような存在だ。

アレンが冒険者だった時代には、そんなよしみもありマチルダの受付に並ぶことが多かったのだが、まさか自分がギルド職員になってマチルダと同僚になるとはアレンもついこの間まで思ってもみなかった。

「マチルダも遅いがどうしたんだ？　もう勤務時間は終わってるはずだろ」

「私はこれ。ちょっと今日はダンジョンから帰ってきた人が多くて」

マチルダが手に持っていた書類をひらひらとさせアレンに見せる。

それは冒険者たちが持ってきた素材の数や状態を綺麗に書き直し、ギルドへの貢献ポイントを算定する重要な書類だった。

アレンも冒険者時代には知らなかったことではあるが、冒険者への報酬を渡すための書類は一時的なものであり、それは受付嬢から回収されてマチルダのような奥にいるギルド職員によって、改めて清書されギルドへの貢献度の算定が行われていた。

ちなみに受付嬢はこの作業には全く関わらない。受付嬢の仕事はあくまで冒険者の相手であって評価などの仕事は行っていないのだ。

なぜこんなことをしているかというと、冒険者を早くさばくためである。

書類の作成に時間がかかって待たせるなんてことになってしまえば、下手をすればイラついた冒険者が騒動(そうどう)を起こしかねないからだ。というよりも現在のこの方法でもときおり問題を起こす者が出ているのだから確実に起こると予想できる。だからこそ報酬の算定だけを最優先で行い、冒険者にお金を渡すだけ渡し、後でしっかりとした書類を作るという流れになっているわけだ。

「それは大変だな。手伝おうか？」

「いいわ。後で見直すのも大変だし」

「そっか、悪いな。ああ、今日のノルマ分は置いておく。確か百七十六個のはずだ」

アレンが腰に提げていた袋を取り、机に置く。その袋の中身を確かめもせず、マチルダは秤(はかり)の上へとそれを載(の)せて重さを確かめると、アレンに向かってにっこりと微笑(ほほえ)んだ。

「相変わらずマメね。数なんて数えなくてもいいのよ」

「一応ノルマは一日百五十個って個数で決まっているはずなんだがな。じゃあ俺は帰るわ」

「お疲れさま。気をつけてね」

「マチルダもあんま無理すんなよ」

片手を上げ、そう言い残してアレンはギルドの裏口から帰っていった。

その後ろ姿が消えるまで見送っていたマチルダはブラウンの瞳を細め、少し嬉しそうな顔をしながら呟く。

「何か良いことがあったのかしらね。昔みたいな顔しちゃって……。さて、私ももう少し頑張らないと」

固くなった背筋をうーんと伸ばし、マチルダは再び目の前の書類に取りかかったのだった。


翌日、アレンは朝早くからスライムダンジョンへとやってきていた。もちろんアレン以外には誰も来ているような者はいないのだが、そのいつもどおりの様子にアレンはほっと胸を撫で下ろす。

そして一目散にボス部屋にある隠し部屋へと直行はせず、全力で走り回ってはスライムを踏み潰して魔石を回収していった。

昨日の段階でレベルダウンの罠を使用してアレンのレベルは百二十まで落ちていた。

散々苦労して上げたレベルがみるみる落ちていくのはアレンとしても心に来るものがあったのだが、輝かしい未来への避けようのない犠牲だと考えれば我慢することはできた。

罠はおよそ三分で再設置されるため、一時間に下げられるレベルは最大で二十レベル。今のアレンなら六時間それを続ければレベル一まで下げることができる計算になる。現在は朝の六時半過ぎなので、今からレベルダウンの罠を踏み続ければ昼ごろにはレベル一へと戻れるはずだった。

しかし残念ながらアレンはギルドの職員だ。ギルドからのノルマであるスライムの魔石百五十個の納品は休みの日以外は必ず行わなければならない。レベルが下がればステータスも当然下がるため持久力や速さも落ち、スライムを倒す速度が遅くなってしまう。

だからこそアレンはレベルが高い今のうちに魔石をストックするつもりだった。レベルを上げるためにスライムを倒すのでおそらく足りるだろうと考えていたが、万全(ばんぜん)を期したのだ。

その日は一日中、食事でさえも歩きながら食べてスライムを倒すことに専念し、アレンは六百個を超えるスライムの魔石を手に入れた。

そのうちの百六十個を何食わぬ顔でギルドへと提出し、準備のための一日が終わる。

いつもであればあれだけ嫌だったスライムの駆除(くじょ)が全く苦ではなかったことに少し苦笑しながらアレンは自宅へと帰った。

そして、準備は整った。

翌朝、アレンはスライムダンジョンへと向かうと一目散にボス部屋にある隠し部屋へと向かった。

もしかして罠が消えているんじゃないかという不安を少し覚えつつ、アレンは隠し部屋の中央へと足を踏み入れる。

赤い魔法陣が地面に浮かび、ピコンと脳内で音が鳴った。

「よしっ、ステータス」

そこに表示されているのは百十九というレベルだった。

「よしよしよし、あとはこれを繰り返すだけだ」

アレンはひたすらに待った。この待ち時間にスライムを倒せれば今日のノルマを気にする必要もなかったのだが、倒した瞬間にレベルが上がってしまうのだからそれは無理な話だ。

スライムダンジョン自体は真っ暗というわけではないが、夕闇程度の薄暗さではあるため本などを読むわけにもいかず、アレンはただじっと時が過ぎるのを待った。

昼食を食べる最中もしっかりと三分ごとに罠は踏み続け、十一時ごろにボスのヒュージスライムが復活してしまい一レベル上がってしまうということがあったが、アレンはめげずにレベルダウンを続ける。

そして開始からおよそ六時間後……

「やった。俺はやりきったんだ」

アレンが喜びを噛み締めるような笑顔を浮かべ、拳を握り締める。

アレンの目の前に表示されるステータスボードに記載されているのは、レベル一という文字と貧弱なステータス。アレンはついに百八十レベルから一レベルまで落としきったのだ。

「うっ、やっぱり武器が重いな」

腰に提げていた愛用の剣を抜いてみると、まるで大剣を持っているかのようにアレンの腕が震える。少し前まで軽々と扱えていたはずの剣を満足に振るうことができない、それがアレンにはたまらなく嬉しかった。

「じゃあ行くか」

アレンが剣を床に置く。一応、護身用として、いついかなる時も、冒険者を引退しギルド職員になってからも肌身離さず持っていた大切な相棒であるが、今の状況では邪魔にしかならないと考えたからだ。

アレンは部屋の外に出てスライムを踏み潰す。脳内にピコンと音が鳴り、レベルアップしたことを告げた。

「ステータス」

アレンがステータスボードを見る。レベルは二になり、ステータスの数値は一律で七増えていた。

「ダメだ。やり直しだな」

アレンはかぶりを振ると隠し部屋へと戻っていく。

普通ならば一律で七上がるというのは破格の数値ではあるのだが、アレンに妥協するつもりなど一切なかった。なまじ全ての項目が十上がる場合があるということを知っているために、それ以外の数値で妥協するなどありえないと考えていたからだ。

隠し部屋へと戻ったアレンはレベルダウンの罠を踏み、アレンのレベルは再び一になった。

そしてアレンはすぐにきびすを返すとスライムを踏みに行き、レベルアップして再びレベルが二になる。上がったステータスは一律で三。ため息をつきながらアレンは再び隠し部屋へと戻る。レベルダウンの罠を踏むために。

アレンはひたすらに戦いとも言えないその作業を繰り返していった。

スライムを踏んでレベルアップすると全てのステータスの項目の数値が一律で上がるとは言え、全てが十上がる確率は低かった。二十回に一度出るかどうかといったところだ。

しかしアレンは諦めなかった。

今までの苦労を取り返し冒険者として本当の冒険をすることができるかもしれない、それがアレンの決意を強固なものにしていた。

ステータスが全て十上がった時、アレンは小躍りしながらレベルアップの罠を踏みに行った。

レベルアップの罠を踏むとレベルは一上がるが、ステータスは全て一しか上がらない。

しかしそれで良かった。アレンがレベルを上げるためだけなのだから。それは本来なら何体ものモンスターを倒さなければならない時間を省（はぶ）くためだった。

全てが一上がったステータスなど、すぐにレベルダウンの罠を踏んでレベルアップ前の数値に戻るのだから、全く気にする必要はないのだ。

アレンはレベルダウンの罠を踏んでスライムを倒す。そしてたまにレベルアップの罠を踏みに行く。ひたすら愚直にそれを繰り返していった。

その結果、アレンのレベルは徐々（じょじょ）にではあるが上がっていった。

そして一カ月半後……

「やった。俺はやり切ったぞ」

アレンは普通の人間の上限レベルである五百レベルまでレベルを上げ切った。もちろんステータスの伸びは全て十のみだ。つまり全てのステータスの数値が四千九百九十上がっていた。

成人のレベル一の者の基礎のステータスは平均百前後であるため、アレンの現在のステータスは攻撃力、防御力、生命力、魔力、知力、素早さ、器用さの全てが五千を超えている。

おそらく人類史上最強の男がここに誕生したのだった。

自身のステータスボードを見ながら、そこに燦然（さんぜん）と輝くレベル五百という文字、そして五千超えのステータスにアレンは今までの苦労を思い出し、涙を流していた。

一カ月半の間この光景を見るためだけに休日も返上してスライムダンジョンへ通い詰めてい

たのだ。

　ちなみにスライムの魔石は長時間ダンジョンに潜っていたおかげもあり毎日百五十個のノルマは余裕でこなしており、むしろ休日に拾った分を含めればアレンの家にはすでに千個を超える使い道のないスライムの魔石が貯まっていた。

「どうする。とりあえず試してみるか？」

　アレンはレベルアップとダウンの罠を使ったレベル上げを始めてから、あえて全力を出したことがなかった。

　ステータスの数値はあくまで最大値であり、普通に生活をする分にはあまり関係ない。つまり現在どの程度のことができるのかアレンには全くわからなかったのだ。

　日々上がるステータスの数値に、試してみたいという誘惑にかられたことがアレンには何度もあった。

　しかしレベルアップ時のステータスの伸びに影響するかもしれないと思ったし、なによりレベルが最高になったあかつきに試してみようとずっと我慢していたのだ。

　時間としてはちょうど折よくヒュージスライムが復活するころである。アレンはうきうきした気分を隠しもせずに一路ボス部屋へと向かっていった。

　ボス部屋ではアレンの予想通りヒュージスライムがその体をプルプルと揺らしていた。ボスとはいえ最弱の部類で、はっきり言ってレベルが五もあれば単独で倒せるようなボスではあるのだが、それでもスライムダンジョンでは最も強いモンスターである。

どうやって倒そうかと嬉しそうな顔で考えていたアレンだったが、どうせならいつもはあまり使わない魔法で倒してみようと決める。

そして意識を戦いへと切り替え、その手をヒュージスライムへと差し向けた。

「ファイヤーボール……はぁ!?」

アレンとしては火魔法の基礎呪文（じゅもん）であるファイヤーボールを普通に撃っただけのつもりだった。

通常のファイヤーボールは直径十センチほどの火の玉が飛んでいく攻撃魔法である。

しかしアレンの眼前に現れたのは直径一メートルを超える火の塊（かたまり）であり、アレンが驚いた瞬間に発射されたそれは、普通のファイヤーボールが止まって見えるほどの速度で飛ぶとヒュージスライムを焼き尽くした。それればかりか背後のダンジョンの壁にめり込みジューという音を立てたのだ。

しばらくしてファイヤーボールの効果が終わり、アレンは恐る恐るその跡を見に行った。

普通ならあるはずのヒュージスライムの魔石など影も形もなく、ファイヤーボールを受け止めたダンジョンの壁はまるでガラスのようにつるつるとした半球状の凹（へこ）みのついた壁になり果ててしまっている。

通常ダンジョンの壁というのは頑強であり、傷をつけたとしてもしばらくすれば戻ってしまう不可思議なものだ。しかしアレンの目の前にある見事に変形した壁は一向に直る様子もない。

この状態は明らかに異常だった。

アレンの額に一筋の汗が流れる。

「いやいやいやいやいや、ただのファイヤーボールだぞ」

アレンがじっと自分の手を見る。そしてその場で手を掲げ、思い直してかなり離れたところに移動してからもう一度壁に向かって手を構えた。

「ファイヤーボール」

先ほどと全く同じ光景が繰り返される。壁に残された半球状の二つの凹みがくっつき、ひょうたんのような形になっただけだ。

アレンがもう一度自分の手を見る。

「マジかよ」

二回も繰り返したのだ。間違えているはずがない。そのことはアレン自身も十分わかっているのだが、それでも自分の行ったことがアレンには信じられなかった。

だってファイヤーボールなのだ。火魔法では最弱で、熟練の魔法使いであっても、牽制程度に使うくらいの威力しかないはずの。

アレンが顔をしかめ、頭を抱える。

「そういや、そうだよな。前のステータスの六倍以上なんだもんな。うわっ、そうするとまさ

か……」

アレンが腰の剣を抜き、力任せに一閃する。それだけで剣から巻き起こった衝撃波により、届いていないはずの壁に一直線の筋がくっきりと残った。

続いてパキン、という高い金属音が辺りに響く。

「うえっ!?」

アレンの持つ剣が柄のすぐ上の部分からぽっきりと折れ、カランカランと乾いた音を響かせながら地面を転がっていった。その素振りのあまりの負荷にアレンの剣は耐えきれなかったのだ。信じられない光景にアレンが思わず声をあげる。

そして根元から折れて、もはや役に立たなくなってしまった愛剣をアレンが悲しそうに見つめた。

この剣はアレンが金策に苦労しながら街の鍛冶屋に通い詰め、下働きまでして打ってもらった思い入れの深い一品だったのだ。それがただの一振りで壊れてしまったことにアレンは絶望に近い衝撃を受けていた。

「はぁ、今日はもう帰るか。これは慣れるまで、このダンジョン以外で戦えそうにないな」

大きなため息を吐き、アレンが肩を落とす。

せっかく五百レベルまで上がっためでたい日でありながら、アレンは折れてしまった愛剣を大事に鞘へと入れると、とぼとぼとした足取りでスライムダンジョンを後にしたのだった。

そして半月後……

「よし、なかなか手加減がうまくいくようになったな」

通常通りの大きさのファイヤーボールに見事耐えたヒュージスライムを見ながら、アレンが流れてもいない汗をぬぐう仕草をする。

五百レベルになったその日から、毎日アレンは手加減の訓練をし続けていた。あの威力のまま他の冒険者がいるダンジョンなんかに行った日には、アレンが他の冒険者をうっかりと殺してしまいかねなかったからだ。

ファイヤーボールを受け、こちらに向かって襲いかかってくるヒュージスライムを中古で買った安物の剣で斬っていく。

もちろん衝撃波など発生させず、一撃でヒュージスライムが粉々に吹っ飛んでいくこともない。その結果にアレンは安堵の表情を浮かべた。

そもそも手加減の訓練など普通はする必要がないのだ。本来少しずつレベルが上がっていくため、その力加減などは自然と身につけるものだからだ。

しかしアレンの場合はあまりに短期間でレベルが五百になり、ステータスも今までとはかけ離れた数値になってしまった。

ステータスの影響がほとんど出ない日常であれば問題は起きないのだが、今まで通りの感覚で戦闘を行おうとすれば初めての時と同じようになってしまうのは自明の理だったわけだ。

「付き合ってくれてありがとうな」

アレンがヒュージスライムの魔石めがけて剣を振り下ろす。すぱっと半分に斬れた魔石を残し、ヒュージスライムは地面へと溶けて消えていった。

ことスライムに関してのみではあるが、絶妙な力加減ができるようになったことをアレンは確信する。

「よし、これでもうここで訓練する必要はねえだろ。さて、じゃあそろそろ計画を始めるかな」

そう独り言を呟き、アレンはちらっとレベルダウンの罠のある、非常にわかりにくい隠し通路を見てからボス部屋を後にする。

この二カ月ほど、レベル上げと手加減の訓練を延々と繰り返す中、アレンはもしこのレベルアップがうまくいったらどうするのかをずっと考えていたのだ。

そのための下調べも既に冒険者ギルドでしてあった。アレンの頭の中ではこれからの計画が明確に描かれていた。あとはそれにのっとって実行するだけなのだ。

スライムダンジョンを出たアレンが、真上からの眩いばかりの日差しを浴びて笑みを浮かべる。そして意気揚々とライラックの街を目指して歩き始めた。

アレンが冒険者ギルドへと帰ってきたのは午後三時ごろだ。こんな中途半端な時間に帰ってくる冒険者は一部だけなので、この比較的自由な時間を休憩(きゅうけい)や食事の時間にしているギルド職員は多い。

アレンはさっと部屋の中を見回し、目的の人物がいることを確認するとそちらへと歩み寄る。

「あらっ、今日は早いのね」

「ああ、ちょっと緊急の用件があってな。一応、魔石は百五十個以上持ってきたからノルマは問題ないぞ」

アレンの言葉にマチルダが首を傾(かし)げて次の言葉を待つ。そのマチルダの前にスライムの魔石の入った袋と手書きで修正したスライムダンジョンの地図をアレンは置いた。

「今日の仕事中にスライムダンジョンの構造が変化してな、取り急ぎ罠だけは調査した。階層とかの変化はないから特に目新しさはないが」

「それはお疲れさま。何か気になる点はある？」

「三層にレベルアップの罠が一つあるな。こんなに低い階層で見つかるのは珍しいんだが」

「レベルアップの罠ねぇ。うーん、少し忙しくなるかもしれないわね」

マチルダの悩ましげな言葉にアレンが肩をすくめて応(こた)える。

アレンがマチルダに渡した地図はアレンが調査した罠の位置と種類が書き加えられたものだ。もちろんボス部屋にある隠し部屋のことやレベルダウンの罠については記載していない。それを隠す意図もあって報告をしているのだから当然ともいえるが。

アレンがわざわざダンジョンの構造変化のことをギルドに報告したのは、酔狂な冒険者などがスライムダンジョンへ行き、ギルドの地図との違いを見つけてしまうのを防ぐためだ。

もし他の冒険者にそのことを気づかれた場合、毎日スライムダンジョンに入っているアレンが変化に気づいていないとは誰も考えないだろう。

もちろんアレンが報告をサボったと考える者もいるかもしれない。しかしベテランの冒険者であったアレンの性格は基本的に真面目で堅実だとライラックの冒険者には知られているのだ。

つまり何の意味もなくアレンが報告をしていないと考える者は少ないということである。

だからこそアレンは準備が終わり次第、早急に報告する必要があった。下手に疑われて、レベルダウンの罠が発見されてしまわないようにするために。

ふぅ、と小さく息を吐き、マチルダがアレンの持ってきた地図を片手に立ち上がる。

「じゃあ私はギルド長へ報告してくるわ。アレンは……」

「待機だよな。まあ適当に書類整理なんかしながら待ってるさ。何かあったら呼んでくれ」

「お願いね」

そう言い残してマチルダがギルド長室へと向かっていくのをアレンは静かに見送った。

【第二章】ネラのダンジョン攻略

アレンがスライムダンジョンの構造の変化を報告した翌日、冒険者ギルドに一つの専用窓口が開設され、そのことを街中に知らせるように、という依頼が冒険者ギルドの掲示板の一番目立つ位置に貼り出された。

噂を広めるだけで弱いモンスターの討伐依頼の二倍程度の報酬がもらえるということで、新人の冒険者たちは先を争うようにその依頼を受け、そしてその噂はギルドの目論見通りその日のうちに街中へと広がっていった。

冒険者ギルドが、スライムダンジョンに出現したレベルアップの罠の使用について制限をかけることを決定し、その管理をするための部署を新設した。今後、スライムダンジョンのレベルアップの罠の使用には冒険者ギルドのその部署にて事前の予約が必要になるという話だ。

表向きはダンジョンの管理者である冒険者ギルドが専用の部署を設けることでレベルアップの罠を取り合って争いとなることを防ぐための措置ということになっている。しかし本当は、レベルアップの罠を餌にしてレベルを上げたい人から金を巻き上げるための部署を作ったというのが実情だった。

レベルアップの罠は冒険者からは嫌われている。

それなのになぜそんなことが成り立つのかと言えば、冒険者や兵士など以外のモンスターと戦うことのない住民からすれば、たとえ上昇する数値が全て一であろうともステータスが伸びるということが魅力だからに他ならない。

普通の人の上限レベルは五百。つまり現在のレベルが一であるならば今よりも四百九十九もステータスが上昇することになるのだ。それは普通にモンスターなどを倒してレベルアップした冒険者でいえば百レベルに相当する数値である。

訓練や修行など、レベルアップによらずともステータスを伸ばす方法はあるのだが、その上昇率は決して良いとは言えないものだ。そしてなによりそれにはかなりの努力が必要になる。レベルアップの罠をただ踏むだけという、大した苦労もせずにステータスが伸ばせるこの方法に需要があるのは当然だった。

もちろん全員が全員そうというわけではない。特に貴族や大金持ちなどは独自に冒険者などを雇ってレベル上げをしているためすぐにレベルアップの罠には頼ろうとはしないし、現状の生活に不満がなく必要性を感じていない者も少なくないからだ。

だからこそ冒険者ギルドがレベルアップの罠の一時間使用、つまり最大二十レベルアップのために設定した金額は昼は五千ゼニーで、夜は四千ゼニー。普通ランクの宿一泊分ほどの料金で、少し生活に余裕のある者ならば出せるくらいの絶妙な金額になっていた。

レベル一の者が最大のレベル五百まで上げるのにかかるお金は夜だけに限定すれば十万ゼニーが必要だ。それを安いと見るか高いと見るかはその者次第だろう。

少なくともそれさえ支払うことのできない、レベルアップしたら問題を起こしそうなスラムの住人などは事前にはじけているのだから値段の意味がないということはない。

「はぁ、まさか私も窓口に戻されるなんてね」

「仕方ないんじゃねえか？　やっぱこれだけ予約でいっぱいだと調整やらなんやらで経験豊富な方が良いだろうし」

「経験豊富で悪かったわね」

ジロリとした視線をマチルダから向けられ、失言に気づいたアレンがとっさに顔をそらす。

そんなアレンの様子に少し表情を柔らかくしながら、マチルダがはぁーと深いため息を吐いた。

そして目の前に並んだ予定表を見ながらマチルダが眉根を寄せて再度ため息を吐く。そのため息は先ほどのものよりもはるかに重いものだった。

「ため息を吐くと……」

「幸せが逃げるってんでしょ。わかってるんだけどね。だとしてもこれはちょっと厳しいわよ」

マチルダが髪をかき上げ、頭をもむ。そんな悩ましげなマチルダの様子にアレンは心の中で謝罪していた。実際このようにマチルダを悩ませている原因の一端はアレンにもあるのだから。

スライムダンジョンの構造の変化を伝えないということもできたし、伝えるにしてもレベルアップの罠を省いて報告するということもアレンにはできたのだ。

しかしそうしないと選択したのはまぎれもなくアレンだった。

実際変化が起きてから二カ月以上誰にもばれなかったのだから隠し通せる可能性だってあった。それを理解したうえで、万全を期すために、自らの希望を叶えるためにアレンはわざわざ報告した。

そのことを考えるとマチルダが負った苦労について少しは責任があるとアレンは考えていた。だからといって後悔はしていないが。

マチルダの目の前に広がっているのはレベルアップの罠の予約表だ。日付と時間で区分けされたそれは、窓口が開設され受付が始まった今日だけですでに一カ月分の予約が埋まっていた。それも夜中も含めた二十四時間全ての時間だ。

明日以降になればさらに多くの人が申し込みに来るのはわかりきっており、それに伴って予約の時期をめぐってのトラブルも頻出すると予想されていた。

ベテランの元受付嬢であるマチルダがその窓口へと抜擢されたのはそういったトラブルに対応するためだった。

「そもそも一気に噂を広げるのがおかしいのよ。あのタヌキめ～」

怨嗟の声をあげるマチルダの様子にアレンが一歩後ろに下がる。触らぬものに祟りなしとい

う言葉が彼の頭の中を駆け巡っていた。

少し引き気味で様子を見るアレンの目の前で、マチルダが、ふぅー、と深く息を吐く。ほんの数秒目を閉じ、そして開けたマチルダは先ほどまでの表情が幻であったかのようにいつもどおりの顔へと戻っていた。

そのあまりの変わりようにアレンは懐かしさを覚える。

マチルダは気持ちを切り替えるのが非常にうまい。前の冒険者がいかに嫌な奴だったとしても次の冒険者には疲れた顔一つ見せなかったのだ。

そんなかつての光景がアレンの脳裏に鮮明に蘇っていた。

「アレンは楽そうにしてるけど夜の担当なんでしょ。大丈夫なの？」

「ああ。一日あたりの時間は長くなったが、代わりに休みが増えたからな。まあ大丈夫だろ」

「体には気をつけてね」

「ああ。マチルダもな。じゃあ行ってくる」

顔を見合わせ、お互いに苦笑してから、アレンが右手を上げて去っていくのをマチルダは見送る。

そしてその姿の見えなくなった裏口へと続く扉をしばらく眺め続け、少し微笑むとマチルダは再び仕事へと戻っていった。机に残った大量の書類から推測される残業時間を少しでも減らすために。

「まっ、予想通りだったな」

食堂などがにぎわう夕方の空気から人通りの減る夜へと移り変わる狭間の時間に、そんなことを呟きながらアレンはライラックの街の北門へと向かっていた。スライムダンジョンへ行くのに最も近い街の門が北門であり、その場所が夜にレベルアップの罠を使う予約者の集合場所になっているからだ。

ライラックの街の門は午後九時には閉門し、翌日の六時に開門する。その間にやってきた者は特別な事情がない限り街の中へと入ることはできない。同様に街の中にいる者も外に出ることができないのだ。

そのため、午後七時に北門へ行き、レベルアップの罠の夜の予約者を連れてスライムダンジョンへと向かい、翌日朝に街へと連れて帰ることがアレンの仕事になっていた。

レベルアップの罠のことを報告すれば、スライムダンジョンの管理という仕事からこの仕事になるであろうとアレンは予想していた。

昼であれば冒険者に依頼を出せばその仕事を受ける者もいるのであろうが、夜の依頼は受ける者が少ないだろうと考えていたからだ。

昔のアレンは例外だとしても、冒険者というものは皆、大なり小なり冒険することを望んで冒険者になっている者が多い。

スライムダンジョンへの案内と護衛などという仕事は、安定したお金は入るかもしれないがスリルなどはほぼなく、レベルアップもできない。言うなればつまらない仕事の最たるものだ。

仕事の合間などに小遣い稼ぎとして受ける冒険者などはいるかもしれないが、生活のリズムを崩す夜の依頼を受ける冒険者が少ないことをアレンは知っていた。

そして冒険者ギルドもそのことを重々承知しており、そういった時にお鉢が回ってくるのはアレンのような元冒険者のギルド職員であることも。

そういった事情もあり、アレンの仕事は午後七時に北門で予約者と会い、スライムダンジョンのレベルアップの罠へと連れていき、その場にいるギルド職員に引き渡した後、いつも通りにスライムを倒しに行き、翌日の朝八時に予約者をライラックの街まで連れ戻るというものに変わった。

連続で十三時間の勤務であるが、今まで週六日の中で五日、およそ七から八時間勤務し休日が一日というスパンだったのが、週三日勤務で休日が三日と変わったのはアレンの目論見通りである。

労働時間としての差異は一時間程度ではあるのでほとんど変わらないが、この三日の休みというのがアレンの希望だったのだ。

実際レベルアップの罠が見つかり同様のことをした前例がこれまでにないわけではない。

アレンはこの半月の間に書類の整理と言いつつそういった過去の事例についてどんな対応が

されたかを調査していた。そしてその前例にのっとればアレンの仕事が高い確率で夜の案内の仕事に変わると予想がついた。

問題は業突く張りのギルド長が休日を減らすのではないか、ということだったのだが、さすがにそこまでのことはしなかった。その事実にアレンはこっそりと胸を撫で下ろしていた。

(さて、ここまでは想定通りだ。三日後の休みからさっそく次の段階に移るとするか)

こっそりとそんなことを考えながら、アレンは退屈な仕事をこなすため足取り軽く北門へと向かうのだった。


そして三日後、アレンはあくびを噛み殺しながら冒険者ギルドへと戻ってくると、いつもどおりにスライムの魔石を、出勤してきたマチルダへと渡して帰途についた。

ちなみに勤務日数が減り、その代わりに一日当たりの時間が長くなったためスライムの魔石のノルマが二百個に増えていたが、アレンは余裕をもってそれをこなしていたので全く問題はない。

レベルアップの罠の予約は既に半年先までいっぱいになっている。

レベルアップの罠自体が珍しい罠であることも確かだが、それが街から一時間で行けるほど距離が近いダンジョンにあり、しかもそこに出てくるモンスターは危険性のほとんどないスライムのみということもあって、この機会にレベルを最大まで上げてしまおうという人が多いのだ。

そのせいで逆にレベルが最大まで上げづらくなってしまい、未だにレベル五百となった者は出ていない。

言い方を変えれば一種のバブルだ。

しかもレベルを上げたい者は少なくないため、その泡がはじけることはそうそうない。冒険者ギルドとしては、ほぼ何も投資せずに勝手に利益が出るのだから笑いが止まらない状態と言える。とは言えそれが給料に反映されるわけでもないアレンにとっては、しばらくこの勤務形態が続くことの方が重要ではあるのだが。

街の西北西、スラムにほど近い場所にある自宅へと戻ったアレンは、窓を閉め切り、しばしの仮眠に入った。これからのことを考えるとなかなか寝付けなかったのだが、十三時間歩き回った疲れも手伝ってか、しばらくして静かな寝息がその部屋に響く。

そして昼過ぎに目を覚ましたアレンは簡単な食事をとると、にやにやした笑みを浮かべながら用意しておいた衣装を取り出した。

それは全身を覆うローブと、アレンが昔、単独でダンジョンに行ったときに発見した唯一の宝であるクラウンのマスクだった。それを身につけ軽く体を見回しアレンはうんうんとうなずく。

ローブですっぽりと体を覆い、両目から涙を流すクラウンのマスクをつけた姿は誰が見ても不審者であるのだが、当のアレンは自身の正体を隠すことしか頭になく、これならば見破られることはないだろうとご満悦だった。

日が暮れ、とうに着替えを済ませていたアレンは事前に用意してあった荷物一式を背負ってこっそり家を出て西へ向かって歩き始めた。

歩みを進めるごとにすえた臭いや、路上に転がるゴミや人が目につくようになっていく。道の両側に建てられた家々は、もともとあった家をそこに住む人が勝手に改築していっているため、ごちゃっとした統一感のない街並みになっていた。

ライラックの西地区の防壁の付近にはスラムが広がっている。北、東、南にはそれぞれ門があるため、外部の人の目につきにくいそこに貧民が集められたという方が正しいかもしれない。

過去にはスラムを排除しようという動きもあったのだが、いつの間にか元の状態へと戻ってしまうため、放置されているというのが現状であった。

たまに迷い込んでしまった旅人などが金を巻き上げられるといった被害は出るが、スラム外の者に対する殺人などは起こらないため、住民にとっては危険だが近づかなければ問題ない地区という認識になっている。

街の中心部のような灯りがないためほぼ真っ暗な道をアレンはすいすいと進んでいく。それはアレンの夜目が利くからというわけではなく、アレンのかぶっているクラウンのマスクの効果だった。

白粉で塗りたくられたような真っ白な顔、その目は赤い菱形で縁取られており、そこから黒い涙が流れているという、呪われていそうなクラウンのマスクをアレンはかぶっていた。

しかしその効果は見た目に反して高く、マスクをかぶっても視界は遮られず、暗闇でも昼のように見えるようになり、そのまま食事さえでき、自ら外そうとしない限りマスクがずれることもないというかなり良いものだったのだ。

アレン自身、手に入れた当時はこれでデザインさえまともならと涙し、装備するかそれとも売り払うか散々迷ったあげく、いつか使うかもと考えて結局使うことなく家の奥で眠っていたものだが、いつ何が役に立つのかわからないものだ。

スラムをアレンはすいすいと進んでいく。いつもならゴロツキに声をかけられるくらいはするのにな、と少しアレンは疑問に思ったが、順調であるなら問題ないかとあまり気にしなかった。

全身をフード付きのローブで覆い隠して、さらにはクラウンのマスクをかぶった不審者に、スラムの人間さえも接触を避けたという真実を、幸か不幸かアレンが知ることはなかった。

そして特に何事もなく西の防壁へと到達したアレンは、ライラックの街を守る要であるそれを見上げる。

十メートルを超えるその堅牢な姿は住民には安心感を与え、外敵には威圧感を与える。ライラックの街ができて以来、補修を続け、街を守り続けてきたという貫禄がそうさせるのかもしれない。

　とはいえ今のアレンにとってはただの越えるべき壁でしかない。

「さてと、行きますかね」

　アレンはそう呟くと防壁へ向かって走っていく。そして地面を蹴って飛び上がり、六メートルほどのところで一度防壁を蹴りつけると、その勢いを利用してさらに上へと飛び上がった。

　余裕を持って防壁の上部へと手をかけたアレンはきょろきょろと左右を見まわし、見回りの兵がいないことを確認するとよじ登ってそのまま外へ向かってダイブした。

　しばしの浮遊を終え、アレンが軽々とした仕草で音も出さずに街の外の地面へと着地する。防壁を飛び越えたことに気づいた者は一人としていなかった。

　アレンは音を立てずに走り、遠ざかっていく防壁をときおり振り返りながら改めて自身のステータスの脅威を思い知っていた。

　防壁には魔法による侵入を防ぐために付近で魔法を使えないようにするアンチマジックの結界が張られているのは周知の事実だ。だからこそ魔法を使わず、肉体の力のみならば不法侵入することができ、そんな方法で侵入しているスパイがいるという根も葉もない噂がまことしやかに流れていた。

　アレン自身、何を馬鹿なと思っていたのだが、本当に実行できてしまった身として噂は本当かもしれないと思い直していた。

そして同時にもっと見回りを増やすべきなんじゃないか、とある意味で余計なお世話な考えが浮かんでいたが、それをされると困るのは自分自身だということも重々承知している。

　意味のない考えを軽く頭を振って消すと、アレンはとりあえず街から離れることに専念すると決めて走り続けた。


　アレンが目指しているのは、ライラックの街の冒険者ギルドが管理する四つのダンジョンの内の一つ、西にある鬼人のダンジョンである。

　近くに門がないことや出てくるモンスターのせいでライラック周辺のダンジョンとしては北のスライムダンジョンの次に人気のないダンジョンである。とはいえ他の冒険者とのごたごたを嫌った者たち御用達のダンジョンであり、そこに潜る冒険者たちのレベルは決して低くない。その者たちを満足させるだけのモンスターやお宝が出てくるということだ。

　つまり、あまり目立たず腕試しをしたいアレンにとって最適なダンジョンといえた。

　わくわくが抑えきれず、アレンは通常であれば歩いて二時間程度かかるダンジョンまでの道のりをわずか十分ほどで息一つ切らさず走りきる。

　そして鬼人のダンジョンの出入りを管理している冒険者ギルドの職員が常駐している出張所の小屋へと意気揚々と入っていった。

「うわっ、なんだお前は！　強盗か、ここには金なんかないぞ！」

「……」

書類仕事をしていたのか机に座っていたギルド職員の男が、突然現れたクラウンのマスクの不審者に驚き、飛び上がる。そしてその男は同時に腰から剣を抜き放っていた。

関わりはほとんどないが顔はお互いに知っている間柄のギルド職員に剣を向けられて少し動揺したアレンだったが、完全放置状態だったスライムダンジョンと違い、他のダンジョンは出入り口にある出張所で入る許可を取らなくては中に入れない。

管理は冒険者ギルドがしているとは言え、ダンジョンは本来、街の領主である伯爵の所有物なのだ。無法なことなどできるはずがなかった。

それを十分に理解しているアレンは、あくまで平和的に事を進めるためにそのギルド職員の男へと近づこうとする。

アレンが一歩近づく、すると男が一歩離れる。

また一歩近づく、するとまた一歩離れる。

じりじりとした攻防が続き、ついにギルド職員の男の背中が壁に当たった。

男の顔は蒼白で、その体にはじっとりと嫌な汗が流れていた。元冒険者という矜持もあり、剣こそ取り落としていないものの、その頭は恐怖に支配され恐慌状態に陥る瀬戸際だった。

異様な格好もそうだが、そのクラウンのマスクをかぶった男は無造作に近づいてくるのに隙がないのだ。いや、正確にいえば隙はあるのだが、どこを攻撃しても反撃されるという確信めいた予感が男にはあった。

それは冒険者時代にさんざん男を救ってきた直感だ。その直感が言っているのだ。

こいつは化け物だと。

アレンがローブの中へと手を入れる。攻撃する絶好の機会であるのに、男にできたのは目を閉じることだけだった。

抵抗などしても意味がないと諦めてしまったのだ。ならばせめて自分の殺される光景など見ずに死のう。そう考えての行動だった。

一秒経ち、二秒経ち、そして十秒経っても、男の予想したその時は来なかった。

男が恐る恐るうっすらと目を開ける。そしてその眼前に見えたのは男にも見覚えのある文字。『ダンジョン入場申請書』と大きく書かれた書類だった。

「へっ？　ダンジョンに入りたいのか？」

男の問いかけにアレンがコクリとうなずく。そしてその申請用紙と申請料の千ゼニーを男へと差し出した。

「ええっと、ネラっていう名前なんだな。申請料を払うってことは冒険者じゃねえってことでいいよな」

再びアレンがコクリとうなずく。

ダンジョンに入る場合、冒険者ギルドに登録している者はそのギルドカードを出すだけで入ることができるが、冒険者ギルドに所属しない者が入ろうとすれば既定のお金を払う必要があるのだ。

この鬼人のダンジョンの場合はそれが千ゼニーであった。

どうやら危険はないようだと察した男の頭が少しずつ冷え、落ち着いていく。そして自分のすべき仕事を思い出した。

「ダンジョンの説明は必要か？」

アレンが首を横に振る。そしてそのまま男を残して小屋から出ていった。

小屋の中に残された男は、まるで何かに化かされたような気持ちになったが、手元に残った千ゼニーと申請用紙が今の出来事が現実であることを証明していた。

ぐっしょりと汗を吸った服に不快感を覚えながら、こんなことが続くようなら近いうちに配置換えの申請をしようとギルド職員の男は決意を固めたのだった。

鬼人のダンジョンはその名のとおりゴブリンやオーガなどの一般的に鬼人と呼ばれる角の生えた人型のモンスターばかりが出てくるダンジョンである。

人型であるところからも察せられるかもしれないが、鬼人は他のモンスターに比べて知恵が回るモンスターだ。倒した冒険者から奪った武器を使ったり、集団で待ち伏せをしたりするなかなか厄介なモンスターばかりが生息するのがこのダンジョンの特徴だった。

そういったわけもあり、このダンジョンに挑むのであれば少なくとも数人でパーティを組むことが望ましいのだが、絶賛正体を隠している最中のアレンにそんなことができようはずもない。

しかしアレンの目的は自分の力を確かめることであるので、そういった相手に対してどこまで自分の力が通用するのかと逆に楽しみにしていた。

洞窟のような土がむき出しの通路が続く一階層で、さっそく襲ってきたゴブリンの集団に向けてアレンは小さくしたファイヤーボールを同時に発射させ、その脳天を貫いて倒していく。

「低い階層は今まででも倒せてたし、さっさと下の階層へ行くか」

ぶつくさとそんなことを呟きながら地図と記憶を頼りに下へ向かう階段を目指して進んでいく。

アレン自身、この鬼人のダンジョンに入るのは初めてではない。むしろソロでダンジョンに行く時はこのダンジョンへ来ることが多かった。

本音ではライラックの街の一番人気のダンジョンに行きたかったのだが、アレンのステータスのことを知っている冒険者に絡まれることが多々あったため避けていたのだ。

そういった経緯もあり、アレンはあっさりと十階層まで最短経路を進んでいった。

道中ではホブゴブリンやレッサーオーガなども出てきたが、アレンが意識的に威力を抑えたファイヤーボールやストーンボールでもあっさりと一撃で倒せてしまっていた。

そんなモンスターでは腕試しにさえならないのは明白だ。

「よし、そろそろ真面目に戦っていくか。どれだけ強くなったのか試してみたいしな」

アレンはそう言うと今までのように小走りではなく慎重に歩いて探索を始める。

鬼人のダンジョンは十階層からガラリと攻略のレベルが変わることで有名だった。

九階層までで調子に乗った冒険者たちを容赦なく叩きのめしていく。それが鬼人のダンジョンの十階層だ。別名、初心者卒業試験のフロアと呼ばれているほどにその世界は違っていた。

その所以は……

「ウガァァア!!」

「おっ、来た来た」

アレンが進む通路の先からやってきたのは、身長二メートルほどで筋骨隆々の緑色の体躯をしたモンスター、いわゆるオーガだ。

その迫力に初めてここに来た時は圧倒されたな、と懐かしく思い出しながらアレンはオーガが近づいてくるのを待つ。しかし……

「やっぱり遅いな。オーガじゃこの程度か」

半ば予想はついていたとはいえ、そのとおりの状況にアレンは落胆する。

普段、気を抜いているときには気にならないのだが、こと戦闘などで集中している時には今までよりも数倍遅く敵の動きを感じるようになっていたからだ。

むしろ遅すぎて、どういう状況ならこの攻撃に当たってしまうのか、そんなことを考えてしまうほどの余裕がアレンにはあった。

まるでわざとゆっくりと動いているかのようなオーガの突進をひょいとかわし、そのガラ空きの後頭部へと拳を振り下ろす。その瞬間オーガは地面に縫い付けられたかのように顔面を床へとめり込ませ、そしてピクリとも動かなくなってしまった。

「うわっ、この程度で終わりかよ。オーガはもうちょっと弱くか〜。変装せずに人前で戦う時はかなり加減した方が良さそうだな。よし、次だ、次」

アレンは出会うオーガを片端から蹂躙していく。オーガから採れる魔石や素材はもちろんあり、それなりの値段になるのだが解体する方が面倒なのでそのまま放置していった。

そんな時間があるのだったらもっと自分の力を試してみたいとアレン自身思っていたし、その他にもいくつかの理由から放置した方が良いだろうと前々から決めていたからだ。

続けて数体のモンスターを相手にし、十階層では意味がないと悟ったアレンはより強い敵を求めて本人にとっては小走りで、他の冒険者からしたら全力疾走よりも速くどんどん下の階層へと潜っていった。

鬼人のダンジョンは地下三十層まである。そしてアレンが来たことがあるのは二十四階層までだった。

もちろんアレン一人で来たわけではなく、パーティを組んで、しかも戦闘要員としてではなく運搬人として来たことのある最も深い階層が二十四階層なのだ。

二十五階層以降は一流と呼ばれる冒険者でも危険を伴う場所であり、以前のアレンに行くことができるような生易しい場所ではなかった。

「うーん、どうするかな。さすがにいきなりはまずい気がするが。しかし今までの感じからして問題なさそうでもあるんだよな」

その二十五階層へと続く階段を見つめながら地べたに座り、もしゃもしゃと、まずいが栄養満点で持ち運びも簡単なスティック状の携帯食料をアレンは顔をしかめながら食べる。

当初の予定ではおよそ二日かけて鬼人のダンジョンの二十階層辺りまで単独で探索してみようと考えていたのだが、思いのほか敵が弱すぎて半日程度でここまで来てしまったのだ。

ずっとモンスターと戦ったり、小走りで移動してきたわりにアレンは疲れたという感じがまるでしなかった。

戦いで興奮すると疲れを感じにくくなるということはアレン自身経験があるのでもちろん知っている。しかし今までの階層でははっきり言って興奮するようなこともなかったので、本当に疲れていないのだろうとアレンは判断した。

立ち上がり、そして食べかすを落とすかのように手をパンパンと払ったアレンが小さくうなずく。

「よし、疲れもないし眠くもない。とりあえず少し入ってみて危なさそうならちょっと色々考えてみよう」

そう自分自身に言い聞かせるように呟くと口に残っていた携帯食料を水で流し込み、アレンは二十五階層へと続く階段を降りていった。

二十五階層以降の鬼人のダンジョンは大きく様相を変える。今までの洞窟のような姿から煉瓦で作られた通路に変わり、そしてその通路の高さは十メートルを超えている。

今までとのあまりの違いに、まるで自分の方が小さくなってしまったかのような違和感を覚えるほどであり、アレンは初めて見るその光景に圧倒されていた。

「本当にギルドの資料通りなんだな。ということは出てくるモンスターも……」

アレンの独り言がドシン、ドシンという床を揺らす震動によって止まる。

その震動が近づくにつれ、それ以外にガガガという何かを引きずるような音も聞こえてきた。アレンは少し緊張しながら、その足音の主が近づいてくるのを待つ。

しばらくしてアレンの前方三十メートルほどの曲がり角から姿を現したのは、体長四メートルを超える一つ目の巨人、サイクロプスであった。

「ははっ、マジででかいな」

人間では考えられないその巨体を見上げながらアレンが呟く。その呟きが聞こえたのかは定かではないが、サイクロプスはその一つ目をぎょろりとアレンの方へと向けた。

そしてアレン程度ならば丸呑みできそうなほど口を大きく開け、そのとがった牙をサイクロプスが見せつける。その大きな目は獲物を見つけた喜びに満ち溢れていた。

ダンッという音と共にサイクロプスが、引きずっていた三メートルはあろうかという木の幹のような太さの棍棒を振りかぶりながらアレンへと迫る。

その迫力はアレンが今まで見たどのモンスターをも上回っていた。

「うおぉ、ファイヤーボール！」

思わず全力でアレンが叫ぶ。その言葉に従い一メートルほどの火の玉がアレンの眼前に現れ、ヒュゴッという音を残してサイクロプスへと飛んでいくと、サイクロプスの半身を黒こげにしながら通りすぎ背後の壁へとぶつかっていった。

サイクロプスは自身に起きたことが理解できないように半分になってしまった胴体を見るとそのまま瞳を反転させ崩れ落ちる。

持っていた巨大な棍棒が床で跳ね、カンッカンッカンッという金属音に近い高い音を鳴らし転がっていく。

「はっ？」

あっけなさすぎる幕切れにアレンが自身の目を疑う。しかし目の前に広がる光景が変わるはずもない。

一応警戒してアレンは足でサイクロプスを軽く蹴ってみたが動く様子は全くなかった。

「マジでか」

アレンの冒険者としての知識では、サイクロプスは単体でもレベル二百を超える一流の冒険者たちが協力して相手をする必要のある強敵だ。しかし蓋を開けてみればファイヤーボール一発で倒せてしまう程度の敵でしかなかったのだ。

自身の常識がガラガラと音を立てながら崩れていくのをアレンは感じていた。

「いや、今のはとっさに全力で撃っちまったからだよな。さすがにそんな弱いわけがない」

なぜか自分自身に言い訳をしつつ、アレンはこの階層に出没するサイクロプスを相手していったのだが、それは結局、自身の常識がまるで変わってしまったことを証明する結果になるだけだった。

目の前にある巨大な扉を見ながらアレンは悩んでいた。引き返すべきかどうかを。

アレンが今いるのは鬼人のダンジョンの最下層、三十階層にあるボス部屋へと続く扉の前の広場である。

二十五階層以降のサイクロプスやグレートオーガなどと戦ってみたものの、そのあまりの手ごたえのなさについつい先へと進んでしまい、気がついたら三十階層まで降りてしまっていたのだ。

「いや普通に考えれば引き返すべきなんだけどな。しかしせっかくここまで来て、ただ帰るってのも」

目の前の扉を開けばこの鬼人のダンジョンのボスと戦うことができる。鬼人のダンジョンは誰も攻略した者がいないわけではない。が、これまでにボスを倒した冒険者と言えばアレンの記憶が正しければ両手で足りる数のはずだった。しかもそれは複数人で協力して倒したのであって、ソロで倒したとなれば快挙としか言いようがない。

ここに来るまでにさんざんサイクロプスやグレートオーガなどと戦ってきたため、その巨体にも慣れてきたし、疲れや眠気も今のところアレンは感じていなかった。すでにダンジョンに潜り始めて二十時間は経過しているはずなのだが、不思議なほどに体調は万全なのだ。

そうなると欲が出てくる。ここまでの歯ごたえのないモンスターと違って、さすがにボスなら多少なりとも強いのではないかと。自分の強さを測るために最適なモンスターなのではないかと。

しかしボスの攻略ともなれば、事前に十分な準備を整えた上で行うのが当たり前だ。今のアレンのように普通の探索を想定した状態で行うものではない。

そんな常識がアレンに二の足を踏ませていた。

門の前でうろうろと歩き回ること数分。アレンは覚悟を決めた。もとより今回は自分の実力を試す意味でこの鬼人のダンジョンに来たのだ。今のままでは力を試すというよりただ蹂躙しに来ただけである。

せめて少しでも自分の実力が測れるような相手と戦ってみたい。冒険者なのに冒険ができなかった日々の思いがアレンの背中を押した。

後先考えるより、冒険したいんだろ。してみろよ、と。

「よし。行くぞ！」

パンパンと掌で顔を叩き、自分自身に気合いを入れて五メートルはある巨大な扉に手をかける。

その大きさに比べ、扉の動き出しは非常にスムーズでほとんど力を入れる必要さえなかった。

徐々に扉が開き、アレンの目の前にボスの部屋が広がっていく。

ボスの部屋はまるでコロッセオのような円形の闘技場になっていた。半径五十メートルほどの広さがあり、高い壁が外側を囲んでいるだけで遮蔽物の類は全くない。小細工は抜きにして正面からぶつかってこいというボスの気持ちが表れているような場所だ。

アレンが少し緊張した面持ちで部屋の中へと入っていく。それと同時に入ってきた扉が閉まり始め、そしてズウゥンという重い音とともに完全にそこは閉ざされた。

ボス部屋は一度入ったら決着がつくまで扉が開くことはない。つまりここから出るためにはボスを倒すしかないということである。

「さあ、来い！」

アレンがそう叫ぶのと同時に、その目の前十メートルほど先の地面に穴が開き、そこからゆっくりと一体のモンスターが現れた。

身長五メートル。その炎のごとく赤い体躯は全てが筋肉なのではと思うほど力強く、その腕はアレンがそのまま入ってしまうほどに太い。その全身を黒光りする鎧で包み、四メートルはあろうかという刺の付いた棍棒を軽々と携える姿は、重々しい武の匂いを発していた。

拳大の球体を繋げたものを太い首に巻き、その額からは種族の特徴である一本の角がまっすぐ突き出している。そしてその瞳は、まるでごみを見るかのようにアレンを見下ろしていた。

そのモンスターの名はオーガキング。ダンジョン外であればオーガの軍勢をまとめ、時に町を滅ぼす災厄と呼ばれるモンスターである。

「グオォォオオォー!!」

「ぐっ、耳が……」

オーガキングのあまりの声の大きさにアレンが耳を押さえ顔をしかめる。それを見たオーガキングはにやりと笑うと、大きく一歩踏み出してその棍棒をフルスイングした。

十メートルあったはずの距離はその一動作のみで意味をなさなくなっており、反応の遅れたアレンはぶっ飛ばされてそのままコロッセオの壁へとぶつかる。その周囲にもうもうと土煙が舞った。

オーガキングがゆったりとした足取りでアレンが吹き飛ばされた方向へと歩を進める。それは追撃を行うためでなく、ただ自身の行動の結果を確認するためだけのものだった。

そしてがれきの下に埋まったアレンを見たオーガキングが再び雄叫びを上げる。勝利の雄叫びだ。

「だからうっせえっんだよ。この馬鹿野郎が!!」

がれきが飛ぶような勢いで起き上がったアレンの様子に、オーガキングが一瞬呆気(あっけ)にとられる。それは今の状況ではあまりにも致命的な隙だった。

ボゴォという鈍(にぶ)い音がし、先ほどとまるで逆の立場になったかのように、くの字に体を折ったオーガキングが反対側の壁へと吹き飛んでいく。

体そのままの形で壁にめり込み、衝撃をまともに受けてしまったオーガキングの口からごぽぉっと緑の血が流れ出た。

オーガキングには何が起こったのかわからなかった。自身の二分の一の大きささえない人間のただの蹴りによって、この状況が引き起こされたと瞬時に理解することができるほどオーガキングの頭は良くなかった。

キングの頭は良くなかった。

オーガキングに唯一わかったのは、自身が手を出してはいけない相手に手を出してしまったということ、ただそれだけだった。

「あーあ、せっかくのローブが破れちまったじゃねえか」

そう毒づきながら近づいてくるクラウンのマスクをかぶったアレンにオーガキングは恐怖した。

自身が全力で行った攻撃がクリーンヒットしたはずであるのに全く効(き)いている様子がない。その動きに全く乱れがなかったからだ。

それはオーガキングが本来持っている闘争心、本能ともいえる感情を根こそぎ奪っていた。

頭を振って土埃を払いつつ、アレンが脅える目をしたオーガキングへと掌を向ける。

「とりあえず、これで試してみるか。ウォーターボール」

身動きさえ取れないオーガキングの眼が水球を捉え、それが動いたと思った瞬間、オーガキングの意識は永遠に途絶えた。


思ったよりはるかに楽勝だったな。それがオーガキングと戦ってみたアレンの感想だった。

最初の不意打ちこそ驚いたものの、しっかりと腕でガードしたおかげで怪我らしい怪我はしていない。攻撃を受けたときは腕一本ぐらいで済めばいいなと思っていたのだが、結局腕一本さえも怪我することなく済んでしまった。一番のダメージはオーガキングの雄叫びのせいで耳がキンキンすることくらいだったのだ。

アレンは倒したオーガキングを解体して角と魔石を取り出す。さすが鬼人ダンジョンのボスというだけあってその魔石の大きさはアレンの頭ほどあった。

その魔石を売ればアレンが冒険者として稼いでいた頃の数年分くらいのお金になるし、角も金属に混ぜると強度が増す性質があることからかなりの高値で取引されていることをアレンは知っていた。

他にも装備していた鎧など取れる素材はあるのだが、かさばる割に売値はそれほどではない。

一人で持って帰ることを考えるとこの二つがベストだとアレンは判断した。

しばらくしてオーガキングの死体がダンジョンへと吸収され、その代わりに一抱えほどの大きさの宝箱が一つ現れる。それを見たアレンは思わず歓声を上げた。

「おぉ、マジで出てくるんだな。眉唾もんだと思ってたぜ」

ダンジョンの最下層のボスモンスターを倒すと宝箱が出ることがある、というのは冒険者たちの間でまことしやかに囁かれている噂の一つである。冒険者ギルドで以前調べた資料にも書かれていたため、そういったこともあるとアレンも知ってはいた。

とはいえスライムダンジョンのボスを散々倒したのに何一つ出なかった身としては半信半疑、いやほとんど嘘なんじゃないかとアレンは考え始めていたのだ。しかし現に宝箱が現れた今、資料や噂が本当だったと認めざるを得なかった。

「さて、一応注意して開けるか」

ダンジョンにある宝箱には罠が仕掛けられているものや宝箱自体がモンスターであることもある。宝箱を発見したと思って浮かれていたら、開けた瞬間に罠で全員が命を落としたという笑えない話さえあるのだ。

ボスを倒した後に出た宝箱がそんな仕様になっているという話を聞いたことはなかったが、そもそも情報自体がほとんどないためアレンはできうる限り慎重に宝箱を調べる。

アレン自身そういった役割を果たすためにパーティに誘われた経験も多くあり、普通の冒険者よりは知識はあるがそれでも専門ではない。

十分ほど宝箱を調べ、何も発見できなかったアレンは覚悟を決めて開けることにした。

蓋に手をかけ、何かあったらすぐに逃げられるような体勢でアレンが宝箱を開ける。騒がしく脈打つ心臓をよそに、なにも起こらず、しばらく時が流れた。

「ふぅ、安心したぜ。さてと、お宝はなんだろうな」

何事もなかったことに胸を撫で下ろしつつ、アレンが宝箱をのぞき込む。そこに入っていたのは……

「服か？　ちょっと奇抜だが」

取り出した上下セットの服を見ながらアレンは首をひねる。上半身のジャケットは半分が赤でもう半分が黒を主にしたデザインになっており、腕の部分からはその逆の色になっている。そしてズボンも同様に左右で赤と黒の分かれた特徴的なデザインだった。ご丁寧なことに黒いシルクハットとブーツにマント、そして白い手袋も揃っている。

まるでこれを着ろと言わんばかりのラインナップにアレンは少し躊躇するが、しかしローブも破れてしまったのでちょうどよいかもしれないと考え直してそれを身に着ける。その装備は不思議なほどアレンのかぶっているマスクに似合っていた。

着替えたアレンが体を動かしてみると、まるで自分のためにあつらえたかのようにぴったりとフィットしており、なにより今まで着たどんな服よりも動きやすかった。

「さすがダンジョンの宝箱だな。デザインはちょっとアレだけど」

多少の不満はあるものの、概ね宝箱の中身に満足したアレンは、その服装のまましばし休憩することに決めた。その着心地の良さはおよそ一日ダンジョン探索をし、ボスと戦ったアレンを眠りに誘うのに十分すぎるほどのものだった。

そしてしばしの仮眠をとったアレンは、ボスを倒すと現れる魔法陣を使い一階層へと戻ることにした。

スライムダンジョンにはそんなものは現れないので、実際アレンがこの魔法陣を使うのは初めてだ。そのため内心ドキドキしているのだが、マスクをかぶっているのでそれを他人に知られることはない。どちらにせよ、ここにはアレンしかいないのであるが。

アレンが魔法陣の中心に足を乗せるとその魔法陣が光を放ち始め、それが最高潮に達した瞬間、その姿がボス部屋から消える。一階層へと転送されたのだ。

「えっ⁉」

急に変わった視界に無言のまま驚いていたアレンだったが、いきなり目の前から聞こえたその声にそのままの姿勢で固まってしまう。

アレンが鬼人のダンジョンに入ったのは深夜だったがすでに一日半が経過しており、現在の時刻はほぼ昼である。普通の冒険者がよく探索に来る時間であり、たまたま一階層を探索していた冒険者の目の前にアレンが現れてしまったというのが今の状況だった。

突然目の前に現れたアレンを、一人で探索していたらしいギリギリ十代か二十代前半といったくらいの金髪の若い女性冒険者が見つめる。

「キュー」

「あっ、おい！」

謎の声を発しながら気を失い、そのまま倒れていきそうになったその女性冒険者をアレンが慌てて支える。まさかいきなり気を失うとは思っていなかったのでアレンも動揺していたのだが、さすがにこのまま倒れて頭でも打ったら危険だととっさに体が動いたのだ。

支えた瞬間、女性冒険者からふわりと花のような香りが漂い、アレンは別の意味でも動揺する。

ふぅ、と一度息を吐いて心を落ち着かせ、とりあえず床に寝かして頬をペチペチと叩いてみたものの、その女性冒険者が起きるような気配はなかった。

「はぁ、仕方ねえな。外の出張所まで連れ出すか」

あっさりと起こすことを諦めて女性冒険者をお姫様抱っこし、アレンはダンジョンの外へ向かって歩き始める。ライラックの街で長く冒険者をしていたアレンだったが、その女性冒険者には見覚えがなかった。

（最近違う街から来たのかもしれねえな）

うっすらと青く輝く軽鎧の間から腕に伝わる柔らかな感触をごまかすためにそんなことを考

えながら、たまに出てくるゴブリンを蹴飛ばし、アレンは出口に向かって歩き続けた。

そして再びギルドの出張所である。前回は深夜ということもあり剣を突きつけられてしまったが、今回は昼であるし問題はないだろうとアレンは楽観視していた。していたのだが……

「お前、その女性を早く放すんだ！」

「……」

アレンは再び剣を向けられていた。

深夜に会ったギルド職員なら話は早かったのかもしれないが、現在剣をアレンに向けているのは全く別のギルド職員だ。

アレンが相手にわからないようにこっそりとため息を吐く。またかよ、と内心思いながら。

このままでは埒が明かないので女性冒険者を下ろそうとしたのだが、即座に「動くんじゃない！」と言われてしまいアレンは途方に暮れる。

放せと言いながら動くなとかどうすればいいんだ。いっそこのまま落としてやろうかとも思ったのだが、気を失っている女性冒険者には今の状況に関して一切責任はない。それがわかっているからこそアレンは身動きが取れなくなっていた。

「んっ、うん～」

その時アレンの腕の中で女性が声を漏らす。そして体を伸ばすような仕草をするとパチリと目を開けた。マスク越しにではあるがアレンの目とその女性冒険者の目が合う。

っとしてもいた。

あからさまに怯えた女性の態度にアレンは微妙に傷ついたが、やっとこの状況が終わるとほっとしてもいた。

女性を下ろそうとするアレンの耳にキョロキョロと周囲を見回して状況を掴めたのか、女性の小さな声が届く。

「お姫様抱っこなんて初めて」

おそらく誰にも聞かせるつもりはなく、ステータスがとんでもないことになっているアレンだからこそ聞こえてしまったその言葉に、思わずアレンの顔が赤くなる。マスクがあるため誰にもわからなかったが。

「大丈夫ですか？」

「えっ？　ええ」

すかさず混乱する女性を引っ張ってアレンから引き離したギルド職員の対応に、アレンが思わず苦笑する。確かに自分があの立場だったらそうするだろうと考えて。自分自身でも怪しい格好であることをアレンは十分に理解していた。

あまり長居しても面倒なことになるだけだと考えたアレンは、とりあえずその場を離れようと入り口へと向かって歩き出す。しかしそんなアレンの手を引っ張る者がいた。

もちろんギルド職員ではなく、アレンがここへと連れてきた女性冒険者だ。

「すみません。あなたが私をここに連れてきてくれたのですよね。ありがとうございました」

そう言って頭を下げる女性の姿にどうしようかと少し迷い、そして気にするなとアレンが手を振って伝える。

人に素直に感謝されることにアレンは慣れていなかった。そんなアレンの様子を見て、女性がにっこりと笑う。

「私はイセリアと申します。最近ライラックにやってきました。お名前をうかがってもよろしいでしょうか？」

「……」

そう聞かれてアレンは戸惑った。アレンはこの姿をしているときに人前で話すつもりはない。知り合いならば声だけでバレてしまう可能性もあるからだ。

さして親しくもないギルド職員と初対面のイセリアしかいないこの場でなら問題はないのかもしれないが、あまり例外を作りたくないと考えていたのだ。

「ダメ……ですか？」

イセリアの顔が悲しげに歪む。イセリアは女性冒険者の中でも、というより一般の女性の中でもなかなかの美人だ。

女性冒険者は男性の冒険者と同じように筋骨隆々であったり、男勝りな性格をしている者が多いのだがイセリアはすらりとした体型をしており、その艶のある金髪もあいまって静かにしていれば深窓の令嬢といった雰囲気すらある。そういった女性との関わりなど今まで全くなかったアレンは既に混乱の極致にあった。

何かいい方法はないかとアレンは辺りを見回し、一瞬でギルド職員用の机へと移動すると瞬く間に置いてあった紙に文字を書いてイセリアへと見せる。

「ネラ様ですか」

名前を知ったイセリアの顔が花のようにほころぶ。アレンはイセリアが自分を好きなんじゃないかと一瞬思ったが、今の自分の格好を思い出し即座にそれを否定した。

勘違いする三十近くのおっさんほど悲しいものはないと日ごろから自分自身を戒めていた成果だ。

「ネラ様はお強いんですね。ダンジョンのボスを倒されたのでしょう？」

「えっ、オーガキングを倒したのか？　しかも単独で!?」

二人の言葉にアレンがコクリとうなずく。そしてバッグに入れていたオーガキングの魔石と角を取り出すとギルド職員の机の上へと置いた。それをギルド職員が食い入るように見つめる。

「俺にはわからんがこの大きさならオーガキングと言われても納得だ。それに角か。結構な値段になるぞ」

「すごいですね、ネラ様は。きっと有名な冒険者なのですよね。すみません、私が無知なために気絶するなんて失礼なことを」

再び謝罪モードになりそうなイセリアの姿に、アレンが慌てて首を横に振る。そして身振り手振りで何かを伝えようとして、途中で諦めて再び紙に文字を書き始めた。

『冒険者ではない。ただ実力を試すためにダンジョンに潜っているだけだ』

「ええっ、そうなのですか？」

『そうだ。だから気にする必要はない』

「ふふっ、ネラ様は優しいのですね」

イセリアに微笑みかけられアレンが顔を赤くする。アレンは表情を隠してくれるこのマスクをかぶっていて本当に良かったと改めて思っていた。

そんな二人のやり取りをよそに、一人取り残されたギルド職員は少し困った顔をしていた。

「しかし冒険者ではないとすると買い取りが面倒なことになるぞ。ネラ、だったか？　お前冒険者にならないか？」

『断る。冒険者になるつもりはない』

ギルド職員の提案に対して、さらさらとペンを走らせ即座にアレンは断った。

確かに冒険者になれば素材の買取りが簡単だったり、ダンジョンの入場料が無料だったりと特典はあるが、逆に冒険者同士の付き合いや組織に属するがゆえのしがらみなども多いのだ。

その結果として半強制的に面倒事に巻き込まれる事態になりかねないことをアレンは十分すぎるほど知っていた。せっかく自由で楽しい二重生活を始めたばかりなのに、わざわざ冒険者

に登録するなんてことをするはずがなかった。

そもそもネラなどという人物は架空のものであり、身分証明できるものなど当然ない。冒険者ギルド証は公式な証明としても使えるものであるため、登録には身分を証明することが必須なのだ。つまり登録することは不可能だった。

「じゃあこの素材はどうするんだ？　商人ギルドに持ち込んでもいいだろうが、買いたたかれると思うぞ」

ギルド職員の忠告はもっともだ。冒険者は冒険者ギルドを通すから適正価格でモンスターの素材を売ることができている。

個人で店や商人ギルドに直接売るということもできなくはないが、そうした場合はよほどの交渉力がなければ足元を見られ、適正価格よりもかなり安い金額で買いたたかれるというのが常識だからだ。

しかしその対策をアレンは既に考えていた。

アレンがギルド職員の机の横にある様々な書類が置いてある棚の中から、一枚の書類を取り出す。その書類の名前は『委託販売申請書』。

冒険者ではない外部の者が冒険者ギルドに代理で販売を依頼するための申請書である。その存在を知っている者はギルド職員でも決して多くない、滅多に使われることのない手続きではあるのだが。

冒険者ギルドに委託するため、販売金額の十五％を手数料としてギルドに取られるが個人で交渉したりするよりも手間はかからない。それにオーガキングほど希少な素材ともなれば手数料を差し引いたとしても個人で売るより買取り金額が高くなることが多いのだ。

アレンはネラ名義で申請書を記入し終えるとギルド職員の男へと手渡した。男はまじまじと渡された書類を見て、そして額にピシャリと手を当てる。

「そういえばこんな制度があったな。誰もする奴がいないから忘れてたが」

『頼んだ』

「ああ、確かこの辺に……おっ、あったあった。この割札を渡しておく。支払いは短くても一週間はかかる。失くさないでくれよ」

アレンが受け取った割札を適当な感じで服のポケットに突っ込み去っていく姿をギルド職員は諦めたかのように見つめていた。そしてこれから始まる面倒な手続きを思い出し、少しため息をこぼす。

その横でイセリアはアレンの消えたドアを見つめ、「おかしな人」と呟くと小さく微笑んだ。


最近ライラックの街の冒険者たちの間に、ある噂が広がっていた。鬼人のダンジョンを単独で何度も踏破するほどの実力を持った謎の人物がいるという噂だ。

曰く、その人物はサイクロプスを素手の一撃でぶっ倒す。曰く、目に見えないほどの速度の魔法をもって敵を殲滅する。曰く、ただ立っていただけなのに敵が倒れた。曰く、倒されたまま放置されたモンスターの死体があれば奴の仕業だ、などなど。

噂の内容は様々で、ほとんどの冒険者はその全てが真実だとは信じていないが、その噂の中で共通することがあった。それは……

アレンの楽しい二重生活は順調だった。夜のスライムダンジョンの探索ははっきり言ってつまらないので、最近はノルマのスライムの魔石を回収した後は目立たないように攻撃をする練習を行っていた。

これはもしアレンがギルド職員の立場でなにか荒事などに直面した時に、実力に気づかれずにこっそりと対応できるようにするためだ。

どうしようか色々と探っていたのだが、一カ月ほどの試行錯誤の結果、小石を指で弾いて飛ばすというシンプルな方法に決まった。よほどの場所でなければ材料はそこらにあるし、落ちていても特に不思議に思われることもないのが決め手だった。

最初は弾いた段階で小石が粉々に砕け散ってしまったが、創意工夫をこらして研究を続けた結果、小石を魔力で覆って強化する方法を発見し、なんとか壊さずに飛ばすことができるようになったのだ。

そんなギルド職員の仕事をしながら、ネラとして鬼人のダンジョンへも毎週通い続けていた。

通い続けているというよりは、毎週オーガキングを倒していると言った方が正しいかもしれない。

　これはただ単にお金のためというわけではない。アレン自身、今までかなりの安全マージンを取った依頼しか受けてこなかったので、かつての常識からいうと強敵のモンスターと相対するとついつい力が入ってしまうことを自覚していたからだ。

　毎週通ったおかげでボスのオーガキング以外は普通に倒すことができるようになった。しかしまだまだオーガキングと相対すると心のどこかでビビってしまい、ついついやりすぎになってしまうのだ。

　とはいえ既にオーガキングとは四回戦っており、その癖や動きなどにだいぶ慣れてきたという自信がアレンにはあった。だからこそ今回の戦いで区切りをつけようと決め、そしてボス部屋へ入ったアレンの目の前にオーガキングが現れた。

　オーガキングの棍棒がアレンを襲う。避けようと思えば避けることなど造作もないその棍棒をわざわざアレンは最近手に入れたステッキで受け、そしてその勢いに文字通り吹き飛ばされる。

　なんとか壁にぶつかる前にステッキを地面に突き立てることで止まったアレンは、こちらに向かって突撃してくるオーガキングの押しつぶすような一撃を前方に転がって回避した。そして同時に隙だらけのその右足をステッキで思いっきり叩く。

鈍い音が響き、オーガキングが憤怒の顔で咆哮するが、その打撃は致命傷ではないことは明らかだった。耳をふさぎながらアレンは距離を取る。

「くらえ、ウォーターボール」

三十センチほどの水球を五つ浮かべ、それを次々と発射する。水球はオーガキングの棍棒を持っている右腕を集中的に狙ったもので、五つの水球の打撃を受けた右手は棍棒を離し、音を立ててその棍棒は転がっていった。

「ウオォォォオオ!!」

棍棒を取り落としたオーガキングは、その苛立ちを晴らすかのように全力でアレンに向けて走り出す。そして数メートル手前で思いっきりジャンプした。

アレンは自身を押しつぶすように迫ってくるオーガキングの巨体をただ冷静に見ていた。そしてステッキをくるりと回すとオーガキングへ向けて構える。

交錯は一瞬だった。アレンは宙へとステッキを突き出した姿のまま、オーガキングは地面に片膝をついた状態のまま、しばしの時が流れる。

そしてゆっくりとオーガキングの巨体が地面へと倒れていく。その姿をアレンはステッキを元へと戻しながら見下ろしていた。

「いい感じだな。無駄に攻撃もしてねえし。やっぱ実戦って大事だな。大丈夫だってわかってはいるんだが、どうしても慣れねえとやりすぎちまうし」

今回の戦いを思い出しながらアレンが呟く。そしていつもどおり、角と魔石を回収し、宝箱が出現するかを確認するために少し待つ。

既に四回この鬼人のダンジョンを攻略済みのアレンであったが、ボスとの戦いの後に宝箱が現れたのは服が現れた一回目と、先ほど戦いで使用したステッキを手に入れた三回目だけである。

ちなみに服は防御力こそ高くないが、破れてもしばらくすると自動的に直り、汚れなどもつかないというダンジョンを潜る上ではかなり快適な装備であった。またステッキの方も今のところアレンの打撃に耐えることができているので有用な装備であるのは間違いない。

冒険者ギルドや商人ギルドの鑑定士に調べてもらえばもっと他の能力も判明するのかもしれないとアレンにもわかっていたが、それをすると面倒なことになりかねないのでとりあえず現状に満足するに留めていた。デザインには不満があったが。

「おっ、運がいいな。また宝箱か」

三回目ともなると慣れたもので、アレンは一通り調べると躊躇なくその蓋を開ける。中に入っていたのは……

「袋？」

アレンが宝箱から小ぶりな、水玉模様の巾着袋を取り出す。そして閉まっている口を開きその中へと手を突っ込むと、無造作に中に入っていたなにかを取り出した。

出てきたのは赤色の直径十センチほどのボールだ。

スライムを固めたような独特の感触のそのボールをとりあえず地面に置く。そしてアレンは先ほどの巾着にまだボールが入っているようなふくらみがあることに気づき、再びその中に手を入れる。次に出てきたのは黄色のボールだった。

しばらく巾着へ手を突っ込んでは、ボールを取り出すという作業を続けていたアレンだったが、最初の数個の段階で明らかに巾着の容量よりも多いボールがあることに気づいていた。

アレンは一つの可能性を考え、その巾着に持ってきた道具などを詰め込もうとしたが全く入れることはできなかった。入ったのは取り出したボールだけだ。

「ボールをいっぱい出したり入れたりできる袋ってか？　なんでこんなもんばっかり……」

肩を落とし、アレンがため息をつく。

アレンが望んでいたのはマジックバッグと呼ばれる、見た目よりも多くの荷物が入るお宝だった。有用であるため非常に有名なお宝ではあるが、発見されること自体がまれで冒険者でも持っているのは本当に一流の者たちくらいだった。

アレンが今後も単独でダンジョンに潜ったりするならぜひとも欲しいアイテムだったが、そうそううまくことが運ぶわけがない。

落胆しつつ、目の前に転がる色とりどりのボールを見てアレンはふと思い立つ。

クラウンが広場でボールなどを使ったジャグリングをするのをアレンは見たことがあった。

今の自分がそれをやってみたらどれだけできるのだろうか？　そんな興味が湧いたのだ。気分を変える意味もそこには多分に含まれていたが。

「よっ、ほっ、はっ」

地面に落ちているボールをどんどんと空中へと投げていきアレンがジャグリングを開始する。三つ、四つ、五つと宙を舞うボールはその数を増やしていく。数が増えるごとに空中を飛んでいる時間を長くしなければ追いつかなくなり、想像以上の難しさにアレンの額から汗が流れ始めた。

「十四、十五、あっ！」

十六個目を放り投げようとした瞬間、空中で赤と青のボールがぶつかり合ってしまう。アレンがしまったと顔をしかめた瞬間、信じられないことが起こった。ぶつかった赤と青のボールが融合し一つの紫のボールに変わったのだ。

落ちてくる紫のボールに言いようのない悪い予感が働いたアレンは、それを軽く蹴り飛ばす。放物線を描きながら壁へと飛んでいった紫のボールは壁に衝突するとパンッと音を立てて割れ、ジューっというなにかを溶かすような音とともに刺激臭を辺りに放った。

「うおぉぉお！　これ絶対にくらったらまじいやつだよな」

蹴り飛ばした時に割れなくて良かったとアレンが何度も足をさする。そしてこんな危険物を作るような道具で二度と遊ぶまいとボールをどんどんと袋の中へと仕舞っていった。

実を言えばそのボールを触ることも少し怖かったのだが、取り出した状態のボールはアレンが触っても全く割れるような様子は見えなかった。

しばらくしてアレンが全てのボールを回収し終える。特に流れてはいないが額の汗を無駄に拭うポーズをしてアレンは一息ついた。

「この危険物の調査はおいおいやるとして、とりあえず鬼人のダンジョンはもう大丈夫そうだな。さて次はなにすっかな」

そう言いつつ魔法陣に乗り一階層へと転移したアレンはダンジョンを出るとギルドの出張所に行き、面倒くさそうにするギルド職員の男へいつもどおりオーガキングの魔石と角を手渡して委託販売の申請をするのだった。


アレンは知らない。アレンの変装したネラの姿にいつの間にか二つ名がついていることを。

クラウンの格好をしてダンジョンを単独で探索する変人がいるという噂が広がっていることを。

ティアドロップのネラ。

その流す涙はマスクのデザインではなく、ネラの対応に苦労する出張所のギルド職員のものかもしれないが。

【第三章】恩人と友人

鬼人(きじん)のダンジョンを単独で攻略してしまったアレンであったが、一つの問題が発生していた。

それは……

「どうすんだ、これ」

アレンが困っているのは昨夜ネラとしてギルドから受け取ったオーガキングの魔石と角(つの)を売却した代金である、リビングのテーブルの上に載(の)った六百万ゼニー分の金貨六百枚である。

ちなみに一回分でこの金額になっているので、五回攻略しているアレンの手元にはこの五倍の量、つまり金貨三千枚くらいが集まることになるのだ。同じ値段で売れるとは限らないので減ってしまうことも考えられるのだが、それにしても多いことには違いない。

ちなみに冒険者時代のアレンの一年間の稼(かせ)ぎは三百万ゼニーあるかないかであった。ギルドの職員の給料は今のところきっかり三百万ゼニーなので収入的には冒険者時代とあまり変わってはいない。

つまりアレンはたった一カ月で十年間分相当の額を稼(かせ)いだということになる。

お金があるのはいいことだ、とアレンは考えていた。アレン自身、弟や妹を育てるために散々苦労してきたのだから当たり前だ。しかし突然大金を手に入れたとしても何をどうするべきかアレンにはさっぱり思いつかなかった。

このお金はネラとして稼いだお金であるのでアレンが派手に使えば、周囲にいらぬ疑いを持たれてしまう。アレン自身、上がったステータスで冒険はしてみたいが、有名になる代わりにごたごたやしがらみに囚われるような生き方をしたいとは微塵も思っていない。むしろそういったことが嫌だからこそ隠そうとしているのだから。

「保管をどうするかってのも問題だが、まずは……」

ちらりとアレンが部屋の片隅へと視線を送る。そこには長年アレンと苦楽を共にしてきた相棒である剣が鞘に入った状態でひっそりと置かれていた。もちろんその刀身はスライムダンジョンでの素振りで折れたままだ。

ゆっくりとアレンが剣へと近づき、そしてそれを抱くようにして持ち上げた。使い込まれ鞘のいたるところに薄い傷が残っており、その一つ一つがアレンのこれまでの人生の軌跡だった。

「こいつを直してやらねえとな。ちょうど金も入ったことだし」

そう言いながらアレンが困ったように眉根を寄せる。冒険にはネラとして行くため、この剣を使う予定はないと言っても過言ではない。しかし剣を直さないという選択をするつもりは全くなかった。それほど大事な剣なのだ。

それなのにこれまで修理することを、お金に余裕がないなどと自分に言い訳して先延ばしにしてきたのは……

「おやっさん。怒るだろうなぁ」

その剣を打った職人に怒られるのが嫌だったから、ただそれだけだった。

しばらくうだうだと考えていたアレンであったが、結局は覚悟を決めて少しだけ寄り道をしてから知り合いの鍛冶職人の工房へと向かうことにした。しかしその足どりは決して軽くはない。むしろ目的地に近づくにつれて、それは明らかに遅くなっていた。

ただ止まることはなかったため、いくばくかの時間の後にアレンは目的の工房の前へとたどり着く。

「ここに来るのも久しぶりだな。二年ぶりくらいか？」

ライラックの街の東地区。ここはいわゆる職人が多く住む地区である。鍛冶、調薬、裁縫やその他様々な職人が日々しのぎを削り、そして腕を上げていく。周囲に四つのダンジョンを擁したこの街は素材の宝庫であり、そのダンジョンへと挑戦する冒険者も多いため武器や防具、薬品類の需要も高いからだ。

しかしこの東地区に長期間住む者はそこまで多くない。職人の数はそれなりに多いのだが、その多くは見習いであり、その見習いたちはある程度の実力がついてくると別の街へと移動してしまうからだ。

他の街では十分に通用する腕前であっても、この街の基準では半端者扱い。そのうえ、実際に目にすることのできる、はるかな高みにいる職人たちの作品たちによって、向上心が折れてしまう者が多いためだ。

　そのため残るのは生え抜きの腕利き職人たちと貪欲に上を目指す有望な者たちだけになるというわけだ。

　アレンの目の前の鍛冶職人の工房は、同種の工房の中では比較的新しいものだった。新しいとはいってもここに居を構えてから五十年経過しているし、その時から変わらず同じ者がやっているという点からしてその実力は疑うべくもない。

　周りの工房が動き出しているのにもかかわらず、未だに音一つしないその薄茶のレンガ造りの工房へと視線をやり、アレンは苦笑する。

（変わらねえなぁ）

　そんな感想を抱きながら、アレンはゆっくりと工房へ歩を進めていく。

　工房の中には一部が店舗となっているところも少なくないが、アレンの目的の工房はほぼ全てが鍛冶場となっており、生活スペースとしては入り口から入ってすぐの一部屋のみであることをアレンはよく知っていた。

　入り口のドアの前に立ち、そこに掲げられている看板を見てアレンが再び苦笑を浮かべる。それはアレンが剣を打ってもらった十年前から全く変わっていなかった。

『ドルバン工房』

主人の名前のみの入ったシンプルな看板。それだけなら他の工房でも同じようなところはある。アレンの苦笑を誘ったのはその隣に掲げられた一言。

『用がある奴は勝手に入って待ってろ』

まるで客の都合に合わせる気がないことを示しているその文句だった。しかもそれが比喩などではないことをアレンはよく知っている。

金に余裕など全くなかった昔のアレンが剣を打ってもらうために何度も通って頼み込み、そして鍛冶の手伝いというか下働きとしてこき使われた末にもらった剣が、今回修理を依頼する予定の剣なのだから。

その当時、アレンは十九歳。冒険者として脂の乗り始めた頃であり、たまたま良い縁に恵まれて上位の冒険者のサポート役として働くことができていたため、普通に生活するだけであれば多少の余裕はあった。

だがそれも長くは続かなかった。その上位の冒険者たちがいなくなり、それと時を同じくしてお金が必要な事態が発生してしまったのだ。お金が必要と言っても悪いことではない。長男アレンを筆頭とした三男二女の家族の次男エリックにライラックの街の兵士の採用試験を受けないかと打診があったのだ。

兵士は身元のしっかりとした者から選ばれるのが普通であり、市民権はあるもののスラムに近い場所に住み、親もいないアレンたちのような者に声がかかることは普通ならありえない。その時はたまたま多くの兵士を募集しており、推薦枠が広まったためかろうじてエリックにも声がかかったのだ。逆に言えばこの機会を逃せば、もう二度と来ないような好機だった。

アレンと同じように冒険者になることを夢見て剣術道場に通っていたエリックの剣の才能にアレンは気づいていた。

師範の教えをスポンジのように吸い込む覚えの良さ、不意の攻撃にも即座に反応する勘の鋭さ。先輩たちを追い抜き、着々と実力をつけていくエリックの姿はまさに剣の申し子と言っても良いほどだった。

しかしいくら才能があったとしても、その先にあるのは死の危険と隣り合わせの冒険者の道しかない。アレンは大切な弟であるエリックをそんな未来へと進ませたくなかった。

だからこそアレンはこの話に飛びついた。兵士も決して安全とは言いがたい職ではあるが、冒険者と死亡率の面で比較すれば雲泥の差があった。

怪我をすれば治療してもらえ、さらに言えば収入が不安定になりがちな冒険者に比べ、兵士は給料制であるため安定感が違うからだ。

しかしそこで問題になったのが、試験で使う装備をどうするのかということだった。エリックはあくまで採用試験に推薦されただけであり、その採用試験の中には実際に真剣で行う試合が含まれていた。

もちろん冒険者として活動していたアレンも剣を使用していた。しかしそれは散々使い込まれ、なんとか壊れないように工夫しながら使っているようなボロボロのものだった。兵士として推薦されるような剣の使い手との試合に耐えるようなものではなかったのだ。

だからアレンは最低限の生活費以外の全てのお金をかき集め、偏屈だが腕は一流で話が通じないわけではないという噂の鍛冶師ドルバンにエリックの剣の製作を依頼したのだ。

そして苦労の末、無事にエリックの剣を打ってもらい、その剣を使用して採用試験に臨んだエリックは見事、兵士に採用された。

その剣のついでとばかりにドルバンが造ってくれたのが、折れてしまったアレンの剣の正体だった。ちなみにその代金をアレンは払っていない。ドルバンが頑として受け取らなかったからだ。そんな剣にアレンは何度も命を救われてきた。

そんな諸々の事情もあり、アレンはドルバンに頭が上がらなかった。

まるで、いらないものとでも言わんばかりに渡されたその剣のおかげで、アレンは今まで苦労していたモンスターとの戦いを余裕を持って行うことができるようになった。そのおかげで、最低限しか残していなかった生活費にも余裕が出て、他の弟や妹に苦しい生活をさせなくて済んだのだ。

アレンにとってドルバンはまさに恩人なのだ。

ドルバンの下働きとしてしばらくの期間働いていたアレンには、工房内が現在どんな状況かわかっていた。昨日、ネラとしてお金を受け取った帰りにチラッと様子を見て今日なら話せるだろうと判断したから覚悟を決めてやってきたのだ。

ドルバンの鍛冶の方法は特殊で、一度始めたら完成するまで手を休めることはない。食事や水分補給すらせず、ぶっ続けでひたすらに鍛冶に全てを注ぎ込むのだ。それに付き合わされたアレンが何度倒れようとも、そのスタイルが変わることはなかった。

そして製作が終わるとそのまま死んだように眠り、そして起きた次の日だけがドルバンと話せる日となる。その翌日には新たな鍛冶仕事へと取りかかってしまうため、今日を逃せば次がいつになるかわからないことをアレンは経験から十分すぎるほど知っていた。

扉の前でふぅ、と大きく息を吐き、アレンは覚悟を決める。そしてノックすることも呼びかけることもなく、ノブへと手をかけて扉を開き、中へと入った。

その瞬間に漂ってきた、まるで酒樽をひっくり返したかのような濃いアルコール臭に思わず顔をしかめながら、アレンはその発生源へと目を向ける。応接用のはずの机とソファーに転がる無数の空き瓶。それらの中心で一心不乱に食事しながら酒をあおっているドワーフへと。

「師匠、久しぶり」

「おう、アレンの坊主か。久しぶりって程でもねえだろ。二年くらい前にメンテしてやったじゃねえか」

「人間の感覚だと二年でも結構な時間なんだよ」

「はっ、はっ、はっ。そりゃ、悪かったな」

　アレンの言葉にそのドワーフ、ドルバンが快活に笑う。その姿はアレンが二年前に見た姿と全く変わっていなかった。いや、最初に剣を打ってもらった十年前と比べてもほとんど変わっているところはない。服装などはもちろん変わっているが、身体的な変化をアレンは見つけることができなかった。

　それはアレンの目が節穴だからではない。ドルバンの種族であるドワーフがいわゆる長命種だからだった。

　基本的に人間は六十歳ほどで寿命となる。長く生きたとしても普通ならば百歳くらいが限度だ。しかしドワーフは平均して五百歳程度まで生き、一部の者は千歳を超えることもあった。二年という期間は、人間にとってもドワーフにとっても変わりはない。しかしその捉えようは全く違う。二十九歳のアレンを未だにドルバンが坊主扱いすることからもそれはうかがえた。

「んで、何か用か？」

「あー、まあな。その前にこれ、師匠が好きだった酒だろ」

　言葉を濁しつつ、アレンがわざわざここに来る前に寄り道して買ってきた酒瓶を机の上に置く。次の瞬間、ドルバンはそれを奪い取るかのように掴み、本来であれば専用の道具を使って開ける栓を無理矢理抜いてゴキュゴキュと喉の奥に流し込んでいった。

ギルド職員の給料半月分の高級酒が瞬く間に消えていく様をアレンはなんとも言えない顔で眺める。そして全てを飲み干したドルバンがプハァーと美味そうにアルコール臭い息を吐き出した。

「で、何をやらかしたんだ?」

「いや、何のこと……」

「金にがめついアレンの坊主がこんな高級酒を買ってまでご機嫌取りするからには、それなりの理由があるんだろ」

確信を持って言われたその言葉にアレンは言葉を続けられなかった。まさしく図星としか言いようがないからだ。

アレンのプランとしては高級酒でご機嫌を取った後、部屋などを片付けながら世間話をし、自然な流れで剣へと話を振った後に、剣を折ってしまったことを告げて誠心誠意謝るはずだった。それが最初から崩れたのだ。

しばらく迷っていたアレンだったが、すぐに覚悟を決めた。というより、早くしなければドルバンの機嫌が悪くなるばかりであることを知っていたからだ。

「師匠の剣を折っちまった。本当にすまない」

腰に提げていた剣を鞘ごとベルトから抜き、アレンはドルバンへと差し出す。眉間に皺を寄せながらそれを受け取ったドルバンがゆっくりと剣を抜き、折れた剣身へとその目を走らせる。

アレンはその姿を直立不動の体勢で見守っていた。

時間にしてほんの数分、アレンにとってはとても長い時間が過ぎ、そしてドルバンがゆっくりと視線をアレンへと向けた。その鋭い瞳にごくりとアレンの喉が鳴る。

「お前、どうやってこれを折った？」

「えっ？」

叱責されるとばかり思っていたアレンが間の抜けた声を上げる。

以前、ドルバンのもとで下働きしていた時、同じように剣を折った冒険者をドルバンはボコボコに叩きのめしたことがあったのだ。叩きのめされた冒険者はアレンよりよほど上位の冒険者だったのだが、反撃さえできずにぼろ雑巾のような姿で店の外へと放り捨てられていた。

そのイメージが強すぎたため、ドルバンの問いかけはちゃんとアレンに聞こえていたが、即座に理解できなかったのだ。

「坊主に剣の手入れの仕方を教えたのは儂だ。二年前に見たときも日々の手入れを丁寧に行っているのはわかったし、剣の扱いが悪いということもなかった。そして今、この折れた剣を見てもそれに変わりはなかったことが儂にはわかる」

「……」

「剣の耐久性についても問題はなかったはずだ。自分の分を知っている坊主が使うには十分すぎるほどにな」

ドルバンの言葉に、アレンは言葉を発することさえできず黙り込んでしまう。ドルバンの言はどこまでも正しいとアレン自身が承知しているからだ。

レベルアップとダウンの罠を利用したレベル上げを行う以前にアレンが戦っていたのは、お世辞にも強いモンスターとは言えないものばかりだった。生活するために戦うアレンにとって安全が最も重要であるため、徹底的にリスクを避けていたからだ。

そのことをよく知っているドルバンが、硬いものを斬りつけて刃が潰れたといった様子もなく、それどころか手入れしてから何かを斬った形跡さえないのに折れてしまっている剣に違和感を覚えないはずがなかったのだ。

「そういや、坊主はギルド職員になったと聞いたような気がするが、まさか……」

そう言って言葉を止めたドルバンの姿に、アレンが覚悟を決める。なるべくなら強くなったことを人にわからないようにしたいとアレンは思っている。しかし恩人であるドルバンが、アレンの強さに気づいたのであればそれをごまかすのは不義理だと考えたのだ。

ドルバンであればお願いすれば口外しないであろうという打算もないわけでもなかったが。

「師匠、実は俺……」

「この前発見されたスライムダンジョンのレベルアップの罠でレベルを上げやがったな」

訳知り顔でそう断定したドルバンの言葉に、アレンが目を見開き、そしてその表情が徐々になんとも言えないものに変わっていく。

「ああ……」

「そういや罠を見つけたのは元冒険者の職員だって話だったし、坊主が見つけて自分のレベルを最大まで上げてから報告したってことか。大方強くなったステータスに調子に乗って剣を振り回した挙句、変な振り方でもしたんだろう」

「……仰るとおりです」

「この馬鹿もんが！」

　レベルダウンの罠を使ったこと、そして上がったステータスが予想以上であることを除けばほぼ正解のドルバンの推測に、アレンは少し考えてから首を縦に振って肯定した。

　そしてその直後アレンの頭へとドルバンの拳骨が落ちる。ステータスが上がったために痛みには強くなったはずであるのに、目に涙が浮かぶほどの痛みにアレンは頭を押さえてうずくまった。

　そんなアレンを見下ろしながら、ドルバンはぷらぷらとその手を振る。

「いつの間にか石頭になりやがって」

「んっ、何か言ったか？」

「言ってねえ！　しかしそんな理由では修理はできんな。そもそも根元から折れているし、修理しても強度が保てん。一から打ち直したほうが早い」

　ほんの小さな呟きに反応して聞き返してきたアレンにドルバンが怒鳴り返す。そして持っていた剣をアレンに返しながら、一流の鍛冶師の判断としてこの剣は修復不可能であることをアレンに告げた。

その言葉にアレンの表情が歪む。

「金なら……」

「そういう問題じゃないことは、坊主も知ってるだろうが」

「だよなぁ」

なおも食い下がろうとしたアレンに対して、ドルバンはきっぱりとそれを拒否した。鍛冶師としてドルバンが求めているのは金ではない。武器としての出来なのだ。欠陥品の武器を生み出すなどドルバンがするはずがなかった。

あからさまに落ち込むアレンをじっとドルバンは眺めていた。そしてすぐにその口元をニヤリと緩める。

「儂は修理しない。でもどうしてもって言うなら……」

「やってくれるのか？」

「だからしないって言ってんだろ。どうしても修理したいなら自分でやってみな。金にも余裕があるようだし、ギルド職員なら時間もとれるはずだろ？」

突然の提案にぽかんとした顔で見返してきたアレンに、ドルバンは笑い声をあげながら机の上の酒瓶を掴んで上機嫌で飲み始めるのだった。

翌日早朝、アレンは再びドルバンの工房を訪れていた。その理由はもちろん……

「来たな」

「そりゃあ、あれだけ言われれば来るだろ。俺にとって大切な剣なんだし」

「そうか。儂は、隠しはしないが教えもしないぞ。技術は盗むもんだって相場が決まってるからな」

「知ってる」

昨日、ドルバンに自分で剣を修理すれば良いという思いがけない提案を受けたアレンは躊躇した。もちろん長年使い続けてきた相棒の剣には愛着がある。しかしそれを修理することの難しさをドルバンの助手として働いた経験のあるアレンは、十分すぎるほど理解していたからだ。

そんなアレンにドルバンは挑発するような言葉を次々と投げかけた。「坊主の剣に対する想いはその程度だったのか」とか「時間も金もあるのに試そうともしないなんて冒険者の風上にも……いや、坊主はもうギルド職員だったな。悪い、悪い。そりゃあ冒険より安定をとるよな」などと言って。

その言葉に思わずアレンは反応してしまったのだ。特に「冒険より安定をとる」というその言葉は、やっとのことで冒険ができるようになったと考えていたアレンにとって許容できるものではなかった。その結果が今のこの状況なのだ。

「とりあえず準備にかかるわ。以前と変わったところとかあるか？」

「ないな」

「了解。んーと、今日は鋼のショートソードか。数は……五十ってマジかよ。誰だよ、こんな注文しやがった奴は」

　ぶつくさと文句を言いながらもアレンが鍛冶の下準備を進めていく。その迷いのない動きにドルバンがほう、と小さいながらも感心したように声を漏らした。アレンが行っている下準備が自分の求めているものと寸分の違いもなかったからだ。

　以前、アレンが助手として働いたときに、ドルバンは自ら指示を出してアレンに下準備のなんたるかを教え込んだ。何を造るか、その素材は何か、その数は、その他もろもろの条件によって準備するものも、そして使う炉すら変わるからだ。

　今のアレンの迷いのない動きは、その教え込んだ知識を覚えているということに他ならなかった。

（前も思ったが、アレンの坊主は案外、鍛冶の才能があるのかもしれんな）

　そんなことを考え、ニヤリとした笑みを浮かべながらドルバンはしばらくアレンの姿を眺め、そしてこれから始める鍛冶のために精神を集中させはじめたのだった。

　そして鍛冶が開始されてから一日半経過し、まるで型で抜いたかのように統一された形の美しいショートソードが五十本、工房の壁際に並んでいた。無駄な装飾など一切省かれたシンプルなものであるからこそ、鍛冶師としてのドルバンの腕の良さがよくわかる作品だ。

　またこの数をこの短時間に仕上げたことからもその腕のほどがうかがえる。魔力を流しつつ鍛冶をすることで金属の加工は容易になるのであるが、それを維持し均一な品質に揃えるというのは熟練の職人にもなかなかできることではないのだから。

「儂は寝る。坊主は好きにしろ。余った素材もな」

げっそりと頬をこけさせ、頭をふらふらとさせながら鍛冶を終えたドルバンがアレンにそう告げて鍛冶場から出ていった。

　全精力を注ぎ込んで鍛冶を行うドルバンがこうなることをアレンは十分に知っている。だからこそ声には出さなかったものの、アレンは密かに驚いていた。ドルバンが自分に声をかけたことに。

　それは以前助手としてアレンが働いていた頃には一度もなかったことだった。その事実から伝わるのは、ドルバンが本気でアレンに剣を修理させようとしているということ、それ以外に考えられなかった。

「ありがたいな」

　アレンが小さく鼻をすする。人のことを心配したり、フォローすることには慣れているアレンではあるが、誰かに気遣われたりという経験はあまりなかった。だからこそよけいにドルバンの優しさが心に染みたのだ。

「さて、自由にして良いとは言われたが……」

改めて鍛冶場を見回してアレンが考え始める。剣の素材については十分に余裕があった。ドルバンにとっては数が多いだけで、技術的に難しい仕事というわけではなかったため、失敗して素材を無駄にすることもなく、予備として用意されていた分が丸々残ってしまっていたからだ。

同様のショートソードであれば五本程度は作製可能な量だ。売ればまあまあな金額になるはずなのだが、ドルバンの口ぶりからしてそのつもりはないということは明らかだった。

「師匠がこんな無駄な量を用意するわけないし、きっと持ち込みなんだろうな」

そんなことを思いながら、アレンが目の前の鋼鉄の塊を手に取る。その質は最高級とまではいかないがかなり質の良いものだ。

ドルバンの工房に素材を持ち込む者は少なからずいる。大半の者はそうすることで製作代金を抑えようとするのだ。とは言え中途半端な素材ではドルバンが満足するはずもなく、その目論見が成功することはあまりないのだが。

しかし今回に限っては代金を抑えるためではないだろうとアレンは確信していた。鋼鉄の剣五十本という量、そして実用重視のデザイン、そして何より高い質の材料といったことから考えれば、素材を持ち込んだ狙いが何かは容易に想像がつく。

まあ注文書に書かれた依頼主がこの街の領主である時点で、ドルバンが製作した剣は街を守る兵士たちのためのものだというのは明らかなのかもしれないが。

「さて」

アレンが鋼鉄の塊を置き、ふぅ、と息を吐く。

鍛冶をする環境は整っている。多少うるさくはなるだろうが、作業を終えたドルバンがその程度のことでは起きないのをアレンは知っているため遠慮をする必要はない。材料も十分にある。

「やるか」

短くそれだけ言うとアレンは鍛冶の準備にとりかかった。ドルバンの許可が出た段階でアレンは既に自分で剣を打ってみようと決めていたのだ。

相棒の剣を修理するという将来的な目標のためには練習が必要だということももちろんあるのだが、アレンにそう決意させた最も大きな理由は別にあった。

ドルバンに言われたとおり、作業の手伝いをしながらアレンはドルバンの技術を盗むべくその姿を真剣に観察していた。そしてその中で一つの考えが生まれ、そしてそれはだんだん大きくなっていったのだ。

あれ、なんとなくできそうな気がするな、という信じられないような思いだ。

本格的に剣を打ったことなど全くないはずなのに、その考えは徐々に強いものへと成長していった。五十本分の剣を打つドルバンの姿をずっと眺め続けた今、アレンは失敗する気が全くしなかった。

それを確かめてみたい。そんな好奇心に胸を躍らせながら、アレンは鋼鉄の塊を片手に持ち、炉へと向かっていく。アレンの頭の中には、先ほどまでのドルバンの姿が完全に再現されていた。


翌朝。

「師匠、素材は好きにさせてもらったよ。ありがとう。食事はあっちに用意済みだから。あっ、それと先に納品する剣の最終チェックしてもらってもいいか？　一応俺もしたけど久しぶりなんでちょっと心配でね」

「んっ、チェックだと？　一丁前なことを言いやがって」

起き抜けにアレンにそんなことを言われてドルバンが顔をしかめる。そんなドルバンに苦笑を返しながらアレンが肩をすくめる。

「これでも一応ギルド職員だからな。ギルドはその手のことには厳しいんだ。それに納品先が納品先だろ。あの剣を弟が使う可能性だってあるし慎重になるさ」

「相変わらずだな。まあそういうことなら仕方ねえな」

ベッドから起き、ぐるぐると肩を回し、体をほぐしながらドルバンは工房へと向かっていく。

火が落ち、道具等もしっかり整理された工房をぐるっと見回し、あったはずの場所に剣の素材の鋼鉄がなくなっていることにニヤリとした笑みを浮かべた。

そしてそのまま足を進め、綺麗に並べられた剣をドルバンは一本一本調べていく。その表情は真剣そのもので神経全てが剣へと向けられており、その背後で同じくらい真剣な顔をアレンがしていることに気づくことはなかった。

ドルバンが最後の一本を調べ終わり、その剣をコトリと元の場所へと戻す。そしてゆっくりとアレンのほうを振り返った。

「アレン、お前……」

「……」

目を細め、鋭い視線でアレンを貫いたままドルバンがそこで言葉を止める。アレンは内心を悟られないように平静を装いつつも、心の中ではだらだらと汗を流し続けていた。

そしてアレンの表情筋が限界に達する直前に、ドルバンがその相好を崩した。

「そろそろ弟離れしろよ。儂の造った剣だ。問題があるはずねえだろ」

「だよなぁ。師匠の作だもんな。でも兄としてはいつまで経っても弟は弟なんだよ。じゃあ俺はそろそろ帰って寝るわ。夕方から仕事だし」

バシッとドルバンに背中を叩かれたアレンは頭をかき、そして持っていた荷物を背負い直し体の向きを変えて手を振りながら工房から出ていった。ドルバンから見えなくなったその顔には驚きや嬉しさといったいくつもの感情がごちゃ混ぜになった、なんとも言えない表情が浮かんでいた。

自宅へと帰ったアレンが手を胸に当て大きく息を吐く。その心臓は未だバクバクとうるさく鼓動していた。

「マジかよ」

アレンが持っていた荷を解くと、その中から出てきたのは一振りの鋼鉄の剣だった。先ほどドルバンの工房に並んでいたのと同じ形のものだ。

「できちまった、師匠でも見分けのつかない出来の剣が。初めて打ったのに、本当に」

アレンが自分の両手を見つめ、信じられないような顔をする。しかし目の前にあるのはドルバンが打った一本であることは間違いなく、その代わりにアレンが打った一本が納品される剣の中に入っているのは、それを行った自分自身よくわかっていた。

あまりに思い通りに剣が打ててしまった。その出来はドルバンの打ったものと瓜二つだった。しかしそれでも本職ではない自分が見るからこそそう思うのであって、ドルバンが見れば違うのだろうとアレンは考えていたのだ。

だが、本当に打てていたなら、という考えを捨てきれずアレンはすり替えを行った。見つかれば確実に拳骨を落とされ怒られるとわかってはいたが、それ以上に確かめたいという思いが勝ったのだ。

「やっぱステータスが高いおかげだよな」

手をぐーぱーと動かしながらアレンは考え続ける。しかしそれ以外の理由などアレンには思いつかなかった。

いや、もしかしたら元々自分には才能があり、昔の経験、そして今回のドルバンの作業を見たことでそれを完全にマスターしてしまったのかもしれない。しかもドルバンにも見抜けないほどの完成度を誇るほどの物を造れるほどに。

そこまで考えてアレンは苦笑いを深める。そんなことが起こる可能性はゼロだ。ドルバンの技量はその才能と経験によって培(つちか)われたものだ。ただ才能があるだけで同じ物を造り上げられるはずがないのだ。

その原因として考えられるのは、レベルアップとダウンの罠によって極限まで高められた圧倒的なステータスしかなかった。

「動きを見ただけでそれを再現できるって自分のことながらやばいな。あれ、そうなると他のことも真似(まね)られるのか？　料理とか家の補修の大工仕事とか便利だよな。よし検証ついでに試してみるか」

アレンはそう決めると、そのためになにをすべきかを考えつつ水を浴びて体を清め、そしてベッドへと向かった。表には出ていなかったが、二日連続徹夜の作業で疲労が蓄積していたため、ほどなくしてアレンが倒れ込んだベッドからは規則正しい寝息が聞こえてきたのだった。

その後、アレンは通常通り、スライムダンジョンへとレベルアップの罠を使用する人々を案内する仕事をこなす一方、休日はドルバンの鍛冶を手伝い、その技術を盗む生活を続けた。そしてそれに加えてアレンはまた一つ仕事を増やした。

「無理してない？　別にアレンじゃなくても良いのよ」

「最近は馬鹿な冒険者もいないからやる奴がいないみたいだしな。まっ、半分恩返しみたいなもんだ。先代の院長には気にかけてもらっていたからな」

依頼書を渡しながら心配そうに見つめるマチルダに軽く笑い返し、アレンは受け取ったそれを確認する。そこに書かれているのは『養護院での奉仕活動』の依頼だ。

その依頼書は特殊なものだった。通常の依頼であれば書いてあるはずのものが書かれていないからだ。

それは報酬の額。

通常ギルドで受けた依頼を達成した場合、それに応じた報酬が冒険者には支払われる仕組みとなっている。もちろん倒したモンスターから剝ぎ取った素材や採取した薬草など依頼以外の素材を換金することで得られる収入もあるが、まず冒険者たちが確認するのは報酬の額なのだ。

依頼を達成すれば確実に手に入る金額と内容を比較し、それが妥当かどうかを冒険者たちは判断する。それ以外の収入をあまり当てにしないのは、依頼外の素材の買い取りは変動が大きいからだった。冒険者たちも生活がかかっているのだ。その名前には反するかもしれないが、それは当然のことだろう。

そんな報酬の額が書かれていないこの『養護院での奉仕活動』という依頼が普通の依頼であるはずはない。はっきり言ってしまえば、これはギルドで素行不良等の悪い評価をされた冒険者に対する懲罰的な意味合いが含まれた依頼だった。

食事は提供されるが報酬のないこの依頼を受けた者は、一緒に派遣されるギルド職員に監視される中で真面目に仕事をこなさなければならない。それができなければ最悪ギルドから除名されてしまうのだ。瀬戸際の冒険者たちを選別するための最終ライン、それがこの依頼だった。

逆に言えばそういった冒険者たちがいなければ、進んで受ける者のいない依頼とも言える。

養護院ももちろんそんな冒険者たちを当てにしているわけではないが、それでも一般人に比べて身体能力の高い冒険者に手伝ってもらうことで助かる仕事があるのは確かだった。そしてギルドもそんな素行不良の冒険者たちを受け入れてもらっている手前、素行不良の冒険者がいないからといって全く無視することもできないという事情があったのだ。

以前からギルド内で度々話題には出ていたものの、レベルアップの罠の出現に伴い冒険者ギルド自体が大忙しになってしまったこともあり後回しにされていたのだが、その依頼にアレンが自ら手を挙げたのだ。

そしてアレンであれば元冒険者であるし、養護院としても都合が良いだろうとトントン拍子に話は進み、今日アレンが派遣されることになったのだ。

心配そうに見つめるマチルダに軽く手を振り、アレンはギルドを出ていき、そして自宅へと向かう通い慣れた道を進んでいく。というのも養護院があるのはアレンの家から歩いてすぐ、西地区のスラムの手前の場所なのだ。

ギルドへ通う道の途中にあるわけではないので全く一緒というわけではないのであるが、大まかな方向としては同じだった。

アレンがいつもならば曲がる角を直進してしばらく進むと、目的の養護院が視界に入ってきた。元々は教会に付属していたため、それなりにしっかりした木造の建物であったが教会が移転してしまい、養護院だけが残されてしまった結果、建物のメンテナンスにお金をかける余裕がなくなってしまい現在はかなりボロボロの姿になってしまっている。

近づくにつれて、屋根の板の色が所々違っていたり、繋ぎ目が雑だったりと応急処置でしのいできたことがはっきりとわかるその姿にアレンがこっそりと笑みを漏らす。

（いや、記憶どおりで良かったと言うか、まあ養護院からしたら良くないことなんだろうけど、俺としては好都合だな）

そんなことを考えながらアレンは養護院の門をくぐり、その年季の入った扉をノックする。

しばらくして出てきたのは養護院の院長である四十代後半と思われる優しげな風貌の男だった。

定型どおりの挨拶を交わし、アレンはその男の案内に従って養護院の一角へと向かった。そして庭の隅、小さな石が置かれ、その手前に庭で摘んだと思しき野花が捧げられた場所の前に立つと、片膝をついて頭を下げた。

(久しぶり、ばあちゃん。弟や妹も独り立ちして、それに最近色々あってやっと余裕ができたんだ。本当はもっと早く恩返しができれば良かったんだけどな)

アレンが目の前の土の中に眠る故人へと心の中で語りかける。その表情は多少後悔の色が含まれてはいたが、とても優しく穏やかだった。

アレンが心の中でばあちゃんと呼ぶのは、この養護院の前院長である老婆のことだ。元々は教会のシスターであり、教会が移転されるにあたり教会関係者が新たな教会へと向かう中、一人、孤児たちのために残ったそんな優しい人だった。

その優しさは保護する孤児だけでなく周辺に住む人々やスラムの住人にも向けられ、その中にはアレンの一家も含まれていた。幼いアレンが兄弟たちをけなげに養う姿を見た彼女はいつも気にかけ、何か困ったことがあれば頼るようにと言葉をかけ続けたのだ。そして実際にアレンが助けてもらったことは一度や二度ではなかった。

なにより彼女の教えと推薦のおかげで、アレンの妹の一人が王都の教会本部でシスターとなる修行を受けるまでになったことをアレンは非常に感謝していたのだ。

しばらくして前院長との語らいを終えたアレンが立ち上がる。

「悪いな。時間をとらせてしまって」

「いえ、私も院長に救われた口ですから」

　現院長の男の言葉にアレンがふっと笑う。その言葉から、目の前の男にとってはまだ前院長こそが院長であるという意思を感じたからだ。そんな院長に親近感を覚えつつ、アレンは今日の目的を話し始めた。

「事前に説明があったと思うが、今回は不良冒険者がいなかったからギルド職員が代行するという形になる」

「はい。冒険者ギルドの皆様にはお手間(てま)をおかけします」

「いや、持ちつ持たれつだから気にしなくて良い。とは言え俺一人じゃあできることは限られちまう。ってなわけで応援を呼んだ」

「応援？」

　そう聞き返した院長に笑い返し、アレンが養護院の入り口を振り返る。そこには十人近い人が横並びに立っていた。

「よう、アレン。さっそく作業に入っても良いのか？」

「待て待て。ちょっと院長に説明するから。というか自己紹介しろよ。一応今回はお前が親方なんだぞ」

「うへぇ、面倒(めんどう)だな」

　アレンに親しげに声をかけてきた赤い短髪の、鍛(きた)えられた体躯(たいく)を持ったアレンと同年代くらいの男が、アレンの返事にあからさまに顔をしかめる。そして照れくさそうに自分の鼻を軽くかきながら院長に向かって自己紹介を始めた。

「俺はニックだ」

「はぁ？」

唐突に始まり、そして即終わったニックの自己紹介に、院長がそれで？　と頭に疑問符を浮かべる。アレンはその様子を見ながらがしがしと頭をかき、補足をし始めた。

「お前、本当に馬鹿だろ。他にもブラント工房に所属する大工だとか、前院長に腹をすかせて倒れていたところを……」

「うっせえ！　職人なんてもんはな、口ベタなくらいがちょうど良いんだよ」

少し頬を赤らめながらニックがアレンの足に蹴りを入れる。結構良い音がしたところをみると半ば本気でニックが蹴ったことは明らかだったが、アレンの表情は微塵も変わらなかった。逆にニックの方が顔をしかめたくらいだ。

若干ふてくされた様子のニックをアレンは放っておくことにし、院長への補足を再開する。

「ええっと、まあ彼らは本職の大工なんだ。今日は彼らに建物の補修をしてもらうつもりで俺が呼んだ。養護院の傷みも結構なものだしな」

「それは大変ありがたいのですが、あいにくお金が……」

言いにくそうに言葉を濁す院長に、アレンはわかっているとばかりに笑みを浮かべながらうなずいた。

「もちろん養護院にお金を払ってもらうつもりはないぞ。俺個人の金でまかなうつもりだし、依頼料は破格の安さだから気にする必要もない。俺を含めこいつら全員、養護院に、というか前院長に恩義がある奴ばかりだしな」

「それは……その、ありがとうございます」

「あー！　だからそういうのはいいんだよ。アレン、さっさと作業に入るからな。おらっ、手前らも笑ってねえで働きやがれ！」

　少し涙ぐみながら頭を下げた院長の姿にニックがさらに顔を紅潮させ、その姿を見て笑っていた、ニックよりも年下と思われる十代後半から二十代中盤ほどの若い職人たちが、ニックの怒声に蜘蛛の子を散らすようにその場を離れていく。怒鳴られたにもかかわらず、彼らの表情は楽しげだった。

　その様子をしばらく苦々しげに眺めていたニックも、自身のするべき仕事を確認するために動き始め、そしてアレンはその後を追いかけ、養護院の修復が始まった。

「ほいよ、この辺りで良いか？」

「おう」

　身の丈以上あるどっしりとした角材を軽々と持ち上げて、アレンはニックの指示した場所へと置き、そのまま支える。ニックは端を加工したその角材の微調整を行い、そして手早く固定していく。

ある程度の固定が終わった段階でアレンは既にその場を離れており、速やかに新たな角材を持って、移動したニックのもとに向かう。もう何度も繰り返されたその作業は阿吽の呼吸と呼んでも差し支えないほどにスムーズなものだった。

「次はこの辺りか？」

「おう」

既に指示されることもなく思うとおりの位置へアレンが角材を置くことに、内心ニックは舌を巻いていた。普段一緒に仕事をしている大工仲間ならともかく、アレンは冒険者であり大工仕事に関しては素人に他ならないはずだからだ。

「なあ、アレン。お前大工になるか？」

「いや、突然どうした？　俺はギルド職員だぞ」

「お前が……いや、なんでもねえや。それにしてもお前も馬鹿だよなぁ。せっかく弟妹たちの世話が終わったってのに、今度は養護院の世話かよ」

ニックは途中で話題を変更してアレンに笑いかけた。その言葉にアレン自身も苦笑する。

アレンとニックは年齢が近く、しかも家も近かったため小さい頃からよく遊んだ幼馴染みだ。アレンと違いニックには両親がいたが、生活が困窮しているという点では変わりなく、そういった面でも同じような境遇だったと言える。

だからニックはアレンが今までどんな生活をしてきたかをよく知っていた。しかしそれはアレンも同様だった。

「いや、お前の方が馬鹿だろ。せっかく独り立ちできる実力があるってのに、わざわざ残って人材育成とか称して孤児たちに技術を身につけさせて、しかも就職まで斡旋って」

「うるせえ！　俺は、下についていたほうが楽だからそうしているだけだ。堅苦しい挨拶とかもしなくていいしな」

アレンの指摘にニックが顔を赤くしながら反論する。しかしそれが本心でないことはアレンにはバレバレだった。アレンが意地悪く笑う姿に、ニックが顔をしかめながら舌打ちする。

そんな会話を交わしながらも二人が作業を止めることはない。おおよその固定ができたことを確認したアレンがその場を離れようとすると、その背中に向けてニックは声をかけた。

「今回の件、ありがとな」

「んっ？」

唐突な感謝の言葉に、アレンが振り返ると、そこには頭をかきながら視線を逸らすニックの姿があった。

「俺だけじゃできなかった。やったほうが良いとは知りつつ家族を優先しちまった。養護院へ恩返しができたのはアレン、お前のおかげだよ」

ニックも家が近いこともあり、養護院の現状についてはある程度把握していた。しかしニックには既に愛すべき妻と娘がいた。腕の良い大工であるニックの収入は少なくはないが、それでも材料費や人件費などを考えると自分ができる範囲を超えていたのだ。

前院長の教えに従い、少しでも貧困にあえぐ者たちを助け、生活できるようにしようと努力してきたニックだったが、そのことは気がかりだったのだ。

視線を逸らしたまま、自分の方を見ようとしないニックにアレンは微笑み返す。

「逆だよ。ほとんど材料費だけで請け負ってくれたお前と仲間たちのおかげで俺も恩を返せたんだ。ありがとうって言うのは俺の方だ」

実際、アレンがニックたちに支払った金額は普通の大工仕事の相場からすればありえないほど安い金額だった。アレンはニックにしか話を持っていっておらず、具体的な人数など知らなかったため十人近くの人数がやってきたことに驚いたぐらいだった。

アレン自身、家の補修などを自分で行っているため、材料の経費についてはある程度わかっている。そこから考えるとアレンの払った金額は下手をすると材料費にも足らないかもしれないと思われた。

だからこそアレンは感謝したのだ。そこには別の意味の感謝も少しは含まれていたが、大部分はそのことに関するものだった。

「あー、うっせえ！　さっさと材料持ってこい。時間は有限なんだ」

「いや、お前が始めたんだろうが」

「だから、えっと……いいんだよ！　馬鹿やろうが！」

子供の時のように下手なごまかしをするニックの姿に笑いながら、アレンは材料を取りに行くべく、くるりと向きを変え歩き出した。


外見以上に傷みの激しかった養護院の修復は一日ではとても終わらず、不足した材料をアレンが追加で買いに行ったりしながら三日かけてやっと完成した。外見から雨漏りしているだろうことがありありとわかるその姿は一変し、立派とは言えないまでも生活するには十分な頑丈さを取り戻していた。

「本当にありがとうございました。さあ、みんなも」

「「「ありがとうございました!!」」」

仕事が終わったことを伝えたアレンとニックに向かい、院長が、それに続いて養護院の子供たちが感謝の言葉を大きな声で伝える。その姿にニックは顔を赤くしながらそっぽを向き、アレンは子供たちの姿に、自分の弟妹たちの姿を重ね合わせて笑顔を返した。

以前の傷み具合からいっても、養護院が決して裕福ではないことは明らかだ。しかし子供たちは痩せすぎているというような様子もなく、その目は楽しげにきらきらと輝いている。それは前院長の教えが引き継がれていることをアレンに感じさせた。

アレンが膝を曲げ、目線を子供たちに合わせながらニッと笑みを浮かべる。

「またおもちゃが欲しくなったらこのおじさんに伝えろよ。近所に住んでるからきっと見かけるはずだ」

「「「うん！」」」

「馬鹿やろう！　何言ってんだ、手前は。おもちゃなんて大層なもんじゃねぇよ。材料の切れ端だろうが」

「いや、子供が怪我しないように丁寧に角まで削って、色々な形を作ってって立派なおもちゃじゃねぇか。と言うか、作るのは否定しないんだな」

「あー、もう知るか。俺は行くぞ」

そう言って背中を見せたニックから仕方ないなとばかりに視線を戻し、二人のやり取りに首を傾げていた子供たちにアレンが言葉を続ける。

「積み木ならまた作ってくれるってさ」

その言葉に子供たちから歓声が上がる。子供たちが手に持っている積み木はニックが材料の切れ端がもったいないから手慰みに、と言って作り始めたものだった。アレンも多少、手伝ったのだが、手慰みの割に注文が多く、大工としての技術の粋のこもったおもちゃに相違なかった。

大きい子から小さい子まで遊べるようにと様々な形を作り、さらには角や表面を念入りに滑らかにしたのだから。

別れの挨拶をすませたアレンがずんずんと歩くニックへと近づいていく。そしてアレンがニックの肩を叩き、それに対してニックはアレンをぎろりと睨んだ。

「お前、そういうお節介なとこ直せよ」

「いや、お前が素直に自分の気持ちを言うなら、俺もお節介なんてしねえし。というか嫁さんに好きって伝えたいって言ってた時だって……」

「ばっか、それは関係ないだろ！」

余計なことを口走りそうになったアレンの口を、ニックが慌ててふさぐ。今でこそ仲の良い夫婦であるニック夫妻であるが、その出会いから告白までの経過についてはニックにとっては恥部以外のなにものでもなかった。

そしてアレンもそのことを知っている。なぜならそれに少し関わっていたからだ。というかお節介を焼いただけなのだが。

「そんなことより、やっぱレベルアップってのはすげえんだなって今回のことで思い知ったわ。あれだけ体力がつくならレベルアップの罠が人気になるのもわかるな」

「まあな。俺としては低いレベルならある程度は簡単にレベルアップするし、最初からレベルアップの罠を使うのはもったいないって思うけどな」

「でもモンスターと戦うんだぞ。万が一って考えると普通の奴は尻込みするぜ」

ニックの唐突な話題転換に苦笑しながらアレンが応じる。実際、ニックの言うことに一理あるとはアレンにもわかっていた。なぜなら冒険者になって死にそうな目にあったのは一度や二度ではないからだ。

アレンの場合、幼く、伝手もコネも技術もないからどこも雇ってくれず、弟妹を養うためにやむを得ず冒険者になったのだ。そしてそれは特に珍しい理由ではない。冒険者の中には貧困にあえぎその結果冒険者となった者が数多くいるのだから。

自らの命をチップにして金を稼ぐとも言える冒険者に。

「まあモンスター次第ではある程度のレベル上げは可能だぞ。もちろん安全のために引率者は必要になるが」

「その引率者の金額が……んっ、そういやアレン。お前、今回払った金額は少なすぎるから他のなにかで返すって言ってたよな」

「言ったな。思ったより大規模だったし、まさか三日がかりになるとは思わなかったからな。まさか……」

嫌な予感にアレンがニックの顔をうかがう。その予感が正しいものであることを証明するかのように、ニックはニヤリとした笑みを浮かべていた。そしてそれはニックの次の言葉によって完璧になる。

「よし、俺のレベル上げを手伝え」

「げっ！　だから俺はギルド職員でもう冒険者じゃねえって」

「昔取った杵柄って言うだろ。それにそんなに危険なところまで行くつもりはねえよ。家族がいるんだし。だからアレンが安全に連れていける範囲で構わねえよ」

　パンパンとアレンの肩を豪快に叩くニックの姿に、レベル上げのためだけではなく、お金を使わせないような恩返しにという気遣いを感じてアレンが苦笑する。

「わかったよ。だけど俺が休みで都合が合うときだからな」

「おう。楽しみにしてる。じゃあな、アレン」

「嫁さんと娘さんによろしくな」

「……娘は渡さんからな」

「馬鹿か、お前は？」

　そんな言葉を交わしながら自分の家へ戻るために道を曲がるニックと別れ、アレンは依頼の完了を報告するために冒険者ギルドへと歩を進める。

　ニックを効率よく、そして安全にレベルアップさせるならどのダンジョンのどこにすべきか、そんなことを考えながら。

　ライラックの街が栄えている理由の一つに周辺に四つのダンジョンがあることが挙げられる。北にはアレンが普段ギルドの職員として働いているスライムダンジョンがあり、西にはつい先日までネラとして攻略していた鬼人（きじん）のダンジョンがある。

とは言えこの二つのダンジョンはライラックの隆盛（りゅうせい）に大きく関（かか）わってはいなかった。現在は少々事情が違うようだが。

「準備はいいな。じゃあ行くぞ」

「おう」

　アレンが用意した初心者用の装備を身につけたニックを引き連れ、アレンが今向かっている南にあるダンジョンこそが、四つあるダンジョンの中で最もライラックに良い影響を与えているダンジョンだった。

　多くの冒険者がそのダンジョンへと入り、そこから産出される多種多様なモンスターの素材がライラックの基幹となる生産業を育て支えていく。そして一流の職人たちによって造（つく）られた製品は高値で取引されていき、その結果冒険者たちにも十分な報酬が払われる。そんな好循環の源となっているのだ。

冒険者時代、アレンが単独でダンジョンへと行く場合は鬼人のダンジョンが主だったが、臨時パーティを組んだ場合はほとんどこのダンジョンへと潜っていたことからもそれがうかがえた。

「久しぶりだな。ライラックのダンジョンへ入るのも」

始祖がこのダンジョンを攻略したことにより、このライラックの街を治める領主家が始まったという話が残っており、それ故に街の名を与えられたそのダンジョンの入り口をアレンは感慨深げに眺めていたその時だった。

「おやおやー、半端者、残飯拾いのアレンじゃねえか？　冒険者から逃げた負け犬が何しに来やがった」

二人にそんな嘲りの声がかかったのは。

今まさにアレンが入ろうとしているライラックのダンジョンから出てきた五人の冒険者のパーティ、その中の先頭を歩く優男風ではあるが、体のそこかしこにある幾多の傷跡が歴戦の貫禄を示す男が、にやにやといやらしい笑みを浮かべながら二人の方へと近づいてくる。

「おい、なんだてめ……」

「落ち着けニック。あれでもライラックの中では屈指の冒険者だ」

挑発的な言葉に反抗しかけたニックを小声でアレンが止める。アレンの告げた言葉にさすがのニックもそれ以上言葉を続けなかった。

通常であってもレベルアップした冒険者に一般人が力で敵うはずがないのに、それがライラックで屈指の者となれば、太刀打ちできる可能性を考えることも馬鹿らしいほどなのだとニックにもわかったからだ。

アレンがニックを守るように一歩前へと出て、にこやかな笑みを顔に貼り付ける。

「いやー、地元の期待の星の『ライオネル』の皆さんじゃないですか？　今ダンジョンからお帰りで？」

「ああ。俺たちは半端者じゃないから色々と忙しいのさ」

男の言葉に同意するように、冒険者パーティ『ライオネル』の面々が笑い声をあげる。その様子を顔に笑顔を貼り付けたまま、アレンは冷めた内心が漏れないように眺めていた。

（いつまでも期待の星から本当の星になれないって皮肉なんだがな）

そんなことを考えながら、アレンは目の前の男、自分の名前をパーティ名にしたライオネルの自慢話とアレンをけなす言葉を聞き流していた。

この程度のことは冒険者時代にライラックのダンジョンへ来た時にしばしば起こっており、気にしても仕方がないともう悟っているのだ。とは言えそれはアレンだけに過ぎない。後ろから聞こえた舌打ちに、ニックの苛立ちを察したアレンがライオネルの話に割り込む。

「申し訳ありませんが、私たちも予定がありますのでこの辺りで失礼させていただきます」

「はぁ？　お前らダンジョンに潜るつもりなのか？　そこの兄さん、半端者についていったって死ぬだけだぞ。やめとけ、やめとけ」

ライオネルの意見に後ろにいた仲間たちも次々と同意の声をあげる。その声に気分を良くしたライオネルは、アレンの進路を塞ぐように仁王立ちした。その姿に流石のアレンも表情を変え、面倒くさそうに大きくため息をつく。

「おい、ダンジョンに入る権利を制限できる権限なんてお前にはないだろ」

「命を粗末にしようとしている奴を助けてやろうとしているだけだ」

「はぁー、もういい。丁寧に対応して穏便に済まそうとした俺が馬鹿だったよ。行こうぜ、ニック」

「お、おう」

アレンは後ろにいたニックへと視線をチラッとやり、そしてライオネルを迂回するように避けてダンジョンへと歩き始めた。そしてその後にニックが続く。

「だから、ここは通行禁止だって言ってんだろ」

ライオネルの堅く大きな拳がアレンの腹部へと向かって振られる。それは一般人であれば目に見えないほどの速さであり、たとえそれが本気ではなかったとしても怪我をさせるのには十分すぎるほど威力を秘めているのは明白だった。

周囲にいた冒険者たちは、遠巻きにそれを眺めながら以前見たのと同じようにアレンが殴り飛ばされるだろうと思っていたのだが……

バシッ！

そんな音が鳴り響いたのに、アレンは微動だにしていなかった。

「冒険者同士の争いならギルドは大目に見てくれるが、一般人相手だと下手すれば資格剝奪になる。俺は今、一般人のギルド職員なんだが、ライオネル、お前はそんなことも忘れたのか？」

そう言いながら片手で受け止めた拳を軽く力をこめて摑もうとしたアレンだったが、即座にライオネルが拳を引いたことでそれを成すことはできなかった。

「権力を笠に着る卑怯者め」

そう捨て台詞を残してダンジョンから去っていくライオネルを見送り、アレンはどの口が言っているんだと再びため息を吐くと彼らとは逆方向に向かって歩き出した。

そしてダンジョン前のギルドの小屋でつつがなく手続きと入場料五千ゼニーを払ったアレンとニックは、先ほどの面倒ごとなどなかったかのように、さっそくライラックのダンジョンへと入っていた。

入ってすぐ奥から戻ってきたらしい初心者装備を身にまとった新人冒険者たちの顔を眺めながら、その横を二人はすり抜けていく。

「あー、やっぱ人が多そうだな」

「そうなのか？」

「ああ。まあ人気のダンジョンだしな」

　視線に映る以外にもアレンの耳は誰かが何かと戦うような音を拾っていた。しかも一箇所ではなく、複数箇所でだ。門が開く朝六時に二人は街を出たため、まだ朝なのだ。しかしそんな時間帯にこれだけの冒険者が戦っている、そのことがこのダンジョンの人気の高さをうかがわせた。

　とはいえそれもアレンの予想の範囲内である。先ほどのようにからまれたりしたら面倒だなとは思っているが仕方ないとも思っているのだ。

「んじゃ、さっさと目的地へ進むとするかね」

「おう」

　アレンは一面に広がる草原を、人気（ひとけ）がない方向を選びながらニックを案内していった。罠（わな）を避け、途中で遭遇（そうぐう）したモンスターを楽々と倒しながら。

　およそ一時間半後、二人は目的地であるライラックのダンジョンの九階層にたどり着いていた。今のアレンの全速力であればもっと早く着くことが可能なのだが、今回はニックがいることに加え、他の冒険者になるべく会わないようなルートを選択した結果、多少遠回りをすることになってしまったのだ。

とはいえ初心者の冒険者からしたら九階層まで一時間半で到着するというのは、十分に早い速度である。冒険者ではない素人を無事に連れて、それを達成できる冒険者の数はそこまで多くないだろう。

特に疲れた様子も見せず、ふぅと一度だけ息を吐いて呼吸を整えながらアレンは首を左右に振って目の前に広がる光景を見渡す。そこには冒険者の姿は見えず、戦うような音も聞こえなかった。

「さすが不人気層なだけのことはあるな」

「はぁ、はぁ。そうなのか。ちょっと休憩させてくれ」

どすんと地面に腰を下ろしたニックを見ながらアレンが苦笑する。道中、休憩を挟むかと聞いても「問題ない」と言っていたニックだったが、アレンからすれば無理をしているのは明らかだった。本当に駄目そうなら無理にでも休ませるつもりだったが、最後まで意地を貫いた姿に変わらないなぁとアレンは思っていた。

ニックの回復を待ちながらアレンは周囲を警戒する。危険は感じられないが、何が起こるかわからないのがダンジョンなのだと知っているから。

ライラックのダンジョンは五層ごとに環境が変わり、それに応じるように出現するモンスターも変わる。

一から五階層の草原フィールドでは、鬼人のダンジョンで出現するゴブリンや食用の肉として重宝される頭に一本の角を生やした一角うさぎ、肝が毒消しの材料になるエルトスネークなどがおり、主に冒険者になったばかりの新人がそれらを狩って、レベルを上げつつ素材を換金して日々の暮らしを成り立たせている。

一角うさぎやエルトスネークなどは低レベルの冒険者でも倒せる割に需要が適度にあるため、ここで真剣に戦えば最低限生活に困らない程度のお金は稼げるのだ。事実、冒険者に成り立てのころのアレンもそれらを狩って弟や妹の生活費にしていたのだから。

そしてその次の六から十階層は森林のフィールドになっている。ここまで来ると新人冒険者はほとんど姿を消す。草原フィールドと違い、灰色の体毛のアッシュウルフや麻痺毒で頭上から攻撃してくるパラスパイダーなど出てくるモンスターの危険度が下手をすれば死ぬというレベルに跳ね上がるからだ。

もちろん調子に乗った新人がやってくるということがないわけではないのだが、そういった者は大概手ひどい目にあって冒険者を引退することになるのが常だった。もちろん一部に例外が存在しないではないが。

そんな難易度の上がる森林フィールドではあるが、傷を癒やす魔法薬、ポーションの材料である薬草や自生する果物を採取でき、危険なアッシュウルフにしてもコートの素材としての需要があり、その他のモンスターからもそのほとんどでなにかしら有用な素材を得ることができた。しかも危険度が高い分、買い取り金額もそれなりの金額だ。

そのため、ある程度のレベルになり、最低限の装備を整えた冒険者たちはこの森林フィールドで再びレベル上げと良質な装備品などを揃えるための金稼ぎをするのだ。さらに格が違う十一階層からの新たなフィールドへと進むために。

そんな様々な需要のある森林フィールドであるが、その中にも例外があった。それがアレンたちの現在いる九階層だ。

この階層では今まで森林フィールドに出てきたモンスターは姿を消す。その代わりに新たなモンスターが出現するようになるのだ。そしてそのモンスターこそがこの階層を不人気にする原因だった。そのモンスターとは……

「おっ、いたいた。じゃあニック、俺がいいぞって言ったら攻撃開始だ」

「任せろ」

森の中を歩いていたアレンが前方にそのモンスターを発見し、走り出す。以前のアレンと同程度の速さで前方にそびえ立つ木へ駆け寄っていくと、その木は突如としてその大振りな枝を振り回してアレンを叩き潰そうと動き始めた。そのモンスターの名前はトレント。大木に擬態したモンスターである。

トレントが冒険者に不人気な理由はいくつかある。大木であるため倒そうとすると武器にかかる負荷が少なくないこと、タフであること、擬態しているため不意打ちを受ける可能性があること、枝を振り回しての攻撃が重いことなど様々だ。まあ最も嫌われる理由はまた別にあるのだが。

しかしなぜそんな階層をアレンが選んだかと言えば……

「シッ！」

枝をかわしたアレンは息を吐きながら飛び上がり、トレントの枝を根元から両断する。アレン自身が試作した剣なのだが、思いのほかスパッと斬れたことに少しニヤリとしながら、アレンはトレントの枝という枝を切り落としていく。そしてついにトレントは全ての枝を失った。

「よし、いいぞ」

アレンの合図に、気合いを入れながらニックがトレントへと近づいていく。レベルアップもしていない一般人であるニックが、もしトレントの攻撃を受ければ死んでしまう可能性が非常に高い。そんな危険な状況であるにもかかわらず、アレンは何の警戒心もなく近づいていくニックを止めようとはしなかった。

ニックがトレントへと肉薄し、そして手に持った斧を大きく振りかぶる。

「せーの」

コーン、という小気味良い音が辺りに響く。その斧の先端はしっかりとトレントの幹へと埋まっていた。しかしそれに対してトレントがした反応と言えば、自らの幹と根を少しばかり動かしただけだった。

斧がテンポ良くトレントへ向かって振り下ろされる。しばらくして大きな音を立てながらトレントは地面へと倒れていった。

「うわっ、ピコン、ピコンってうるせえ！」

「あー、まあレベル一桁の奴がトレント倒せばそうなるわな」

頭の中で連続するその音に顔をしかめるニックを見ながらアレンが笑う。

トレントは初心者から抜け出た中堅の冒険者たちが相手にするようなモンスターだ。レベルで言えば七十程度のパーティならば安定して倒せるほどの強さである。それを倒したのだからレベルが連続して上がるのは当然なのだ。

音が止まったため、ニックが自らのステータスを呼び出し、目を見開く。

「……レベル十六ってマジかよ」

「おー、けっこう上がるんだな。俺もこんな感じでレベル上げできていたら楽だったんだろうな」

自らのステータスを見ながら感動しているニックを尻目に、アレンは遠い目をしながら昔のことを思い出していた。

十二歳で冒険者になったアレンだったが、そんな幼いアレンを仲間にしようとするような酔狂な冒険者などいるはずもなく、アレンは単独でゴブリンなどに挑んで地道にレベルを上げていったのだ。その中で死ぬような目にあったのは両手の指では足りないほどだった。

（まあ、だからこそ冒険者としての経験が積めたとも言えるんだけどな。この方法じゃ、レベルが上がるだけだし）

そんなことを心の中で思いながらアレンはニックが落ち着くのを待ち、うきうきした様子で「次に行こうぜ」と言い始めたニックの姿に苦笑しながら歩き始める。

二人で森の中を歩きながらトレントを探していると、少し落ち着いたニックが口を開いた。

「しかし、トレントってこんなに弱いのになんでレベルが上がるんだ？」

「あいつの攻撃手段って枝の振り回しだけなんだよ。だから先にそれを全部払っちまえば攻撃も移動もできないただの木になるってわけだ。本当なら結構強いモンスターだからくれぐれも慢心するなよ」

「お、おう」

そう指摘（してき）しながら向けたアレンの鋭い視線に、思わずニックが言葉を詰まらせる。その様子にアレンはこれなら大丈夫だろうとほっとしていた。

今はアレンが完全にお膳立（ぜんだ）てしているから安全なのであって、もしニックが単独でそれをなそうとすれば死ぬのは確実だからだ。冒険者ではなく、しかもレベルが簡単に上がってしまったニックが慢心し、その結果死んでしまっては意味がないのだ。

しばらくして再びトレントを発見した二人は先ほどと同じようにして倒していく。斧の小気味良い音を響かせながら、ニックのレベルは順調に上がっていった。

もはやこれは、ただのきこりなのではないかとニックが思い始めた頃、丁度昼食の時間になったため二人は少し開けた場所に腰を下ろし簡易な食事の準備を始める。

「うーん、不味い。アレンに任せずいつもどおり弁当を作ってもらうんだったぜ」

「文句言うなよ。栄養はあるんだぞ」

冒険者御用達の携帯食料を本当に不味そうに口に運ぶニックを見ながら、アレンも同様にそれを口に運ぶ。味に言及しないのは、アレン自身もそう思っているからだ。

とはいえこの携帯食料にも利点はあるのだ。アレンの言うとおり栄養は豊富だし、保存期間も長い。量が少なくてもよいので、油断し、命取りになりやすいトイレの回数も減らせるのだから。

難点は不味いこと、それだけなのだ。

「しかしもうレベル三十二か。ステータスもかなり上がったし、アレンがレベルアップの罠を勧めない理由がわかったぜ」

「まあ低レベルの頃だけだけどな。ある程度レベルが上がったらこんなことはできなくなるぞ。あと今日は急激にステータスが上がっているから力加減とかがうまくいかない可能性があるから注意しろよ」

「そうなのか？」

聞き返してきたニックの言葉にアレンは神妙な顔でうなずく。力加減がうまくいかずに失敗しまくった経験が記憶に新しいため、そのうなずきには実感が伴っていた。その返事にニックが頭をかきながら少し困った顔をする。

「大工は客商売だからな。事前に確かめるにしても帰ってからじゃあ時間が……あぁ、良いもんがあるじゃねえか」

残っていた携帯食料を口に放り込み、立ち上がって歩き始めたニックをアレンが視線で追う。ニックが止まったのは、先ほど切り倒したトレントの前だった。その幹を拳でトントンと叩き、満足げに笑みを浮かべる。

「聞いてたとおり、本当に倒すと水分が抜けた状態になるんだな。これなら問題なさそうだ。アレン、ちょっと俺はこいつで力加減の練習をするから一時間程度時間をくれ」

「了解」

ニックが背負ってきたリュックに入っていた大工道具を取り出したことに、アレンはマジか？　と驚いて目を見開いていたが、それを口に出すことはなかった。実際持っていくべき物は伝えたが、それ以外は持ってきてはいけないとは言っていなかったことを思い出したからだ。

それは探索に必要ないものなど持っていくはずがないという思い込みのせいであり、自分が知らない間に冒険者基準になっていたんだなとアレンはしみじみと考える。

ニックが大工作業に集中してしまったため、やることのなくなってしまったアレンは暇をもてあましていた。この九階層に出てくるモンスターはトレントだけであり、その他のモンスターは存在しない。トレントは動かないモンスターであるため、その場にとどまるのであれば危険の非常に少ない階層とも言えるのだ。

他の冒険者がらみのトラブルなどが起こる可能性はあるが、それはどの階層でも同じことである。

トレントの幹の端を切り落として作った丸太の椅子に座りながら、ニックの仕事をアレンは観察する。最初は多少感覚の違いに戸惑っていたようだが、既に修正され、前に見たのと遜色のない動き、と言うかそれ以上の動きになっていることにアレンは気づいていた。

ニックの作業音だけが静かに聞こえる、そんな穏やかな時間が過ぎていく。だからこそ、だろうか。

(戦う音?)

アレンの耳はかすかに聞こえる戦闘音を捉えていた。それ自体は別に変なことではない。不人気層である九階層であってもアレンと同様に誰かのレベル上げの補助を行っている冒険者がいるかもしれないし、人がほとんどいないということを逆手にとって訓練を行っているような者もいるのだ。

しかしアレンが気になったのはただ戦闘音が聞こえたことだけではなかった。

(長い。苦戦しているのか?)

アレンが気になったのはその戦闘時間。既に音が聞こえ始めてから三十分程度経過しているのだ。トレント相手にこれほど長時間戦いが続くことなどアレンには考えられなかった。

不規則な音が続いていることから考えても普通に戦いは続いており、単に切り倒すのに時間がかかっているというわけではないのは明らかだった。

（苦戦するようなら逃げればいいだけだし、何か事情があるのか？　いや、もしかしてユニークモンスターか⁉）

トレントは動かないモンスターだ。危機に陥ったとしてもその攻撃範囲から外れれば安全に逃げることが可能だ。しかし戦闘音は続いている。となればそれなりの理由があるとしかアレンには思えなかった。

アレンが思いついたユニークモンスターとは、その階層にいるはずのないモンスター、もしくは同じ種類であっても特異な強さをもったモンスターのことである。この九階層にユニークモンスターが出るという情報をアレンは聞いたことはなかったが今の状況から考えればあり得ないことではないと判断した。

トレントの加工を続けるニックを見つめ周囲を再確認すると、アレンは静かに立ち上がった。

「悪い、ちょっと外す。俺が戻るまで絶対にここから動くなよ」

「トイレか？」

「そんなもんだ」

アレンの方を見もせず軽く手を振って行ってこいと伝えてきたニックに軽く手を振り返し、

アレンは静かにそこから離れていった。

そして十分に離れたことを確認すると一気にその速度を上げた。通り過ぎるトレントが反応できないほどの速度で走り続けたアレンは程なくしてその現場へとたどり着く。

そこでアレンが目にしたのは……

(あれは、イセリアだったか?)

ネラとして鬼人のダンジョンをクリアした時に出会った女性の冒険者だった。

モンスターと対峙しながら剣を構えるイセリアの姿を木陰からそっとアレンが眺める。モンスターと戦っている場合、他の冒険者は余計な手出しをしないというのが基本ルールだからだ。戦っている者の気を散らしてピンチを招くのを防ぐというのが建前であるが、実際はトラブル回避のためということは誰もが理解していた。

(外見はトレントだな。見た感じ、強さもそこまでじゃないような気がするが)

トレントの姿をしたモンスターとイセリアが戦う姿を観察しながらアレンは考える。命の危険があったり、何かしら特殊な事情がありそうであればルールを無視してでも助けに入ろうと思っていたアレンだったが、イセリアの様子を見ると多少息が上がっているものの怪我を負っていたりはしなかった。

「はっ!」

トレントの姿をしたモンスターが枝で打ち払おうとしてきたのを回避し、イセリアは剣を振るって逆にその枝を地面へと斬り落としてみせた。

その攻防に比較的余裕がありそうだと安心したアレンだったが、眺め続けるにしたがって違和感を覚えるようになる。それは……

(戦い方が素人くさいな。動きとかから判断すると以前の俺以上のステータスがありそうなんだが)

そんなことを考えながらアレンは首を傾げる。アレンの見立てではイセリアの素早さや力などは千を超えているはずなのだ。それは以前のアレンより上の、一線で活躍する熟練冒険者と遜色ない水準である。

それだけのステータスがあればトレントを倒すことなど造作もないはずなのに、未だイセリアはトレントに対して決定的なダメージさえ与えられていなかった。

(訓練？　ってわけじゃなさそうだしな)

しばらくして枝が全て落ち、何もできなくなったトレントがその動きを止める。一向に攻撃してこないトレントの姿に首を傾げながら、イセリアは慎重にその距離を詰め始めた。

多少の疲労感は見られるものの、まだまだ余裕がありそうなイセリアの姿にアレンはその場を離れることに決めた。これ以上見守る必要がなくなったからだ。

(それにしても変な奴だな)

ニックのもとへと急いで戻りながらイセリアについてあれこれ考えていたアレンだったが、

金属を打ちつけるような規則的な音がはっきりと聞こえてきたため、その速度を緩める。

そして普通に歩いて戻ったアレンの目に入ったのは、立派なダイニングテーブルと椅子のセットだった。

「なに作ってんだよ」

「んっ、戻ったのか。長いクソだったな。大量だったか？」

「いや、違えし。それより、それ」

驚いた顔でアレンが指差した先を追ったニックが、ニヤリと笑みを浮かべる。

「待ち時間があんまり長いから作ってみた。トレント材を使用してるから耐久性はばっちりだぞ。アレンにやるよ」

「あっ！」

「それはありがたいんだが……午後からこれを持ち運ぶのか？　まだレベル上げするんだろ」

今気づいたとばかりにニックは口を開けて固まり、そして自分を見つめるアレンの視線に気づいて何のことはないといった表情を取り繕う。

「大丈夫だ。アレンなら持ち運べる。俺はそう信じている」

「信じているって忘れてただけだろ」

「お前のクソが長すぎるのが悪いんだよ！」

「だから違えっての！」

二人の不毛な言い合いはそれからしばらく続くのだった。

結局ステータスに物を言わせて午後はダイニングテーブルと椅子を持ち運びながらアレンは探索をし、そして無事にニックのレベル上げを終えた。ライラックの街の門の閉まる時間にギリギリ間に合うくらいまで戦ったこともあり、最終的にニックのレベルは四十五まで上がった。冒険者であれば下の上、もしくは中の下。いわゆる初心者から抜け出て中堅へと向かう途上程度のレベルになる。

ステータスの器用さなどは既に三百を超えており、最後に倒したトレントで力加減を試したニックも満足そうに笑みを浮かべるほどレベル上げ前との差は歴然としていた。

「ありがとな、アレン。これで明日からの仕事もはかどりそうだ」

「おう、じゃあな。奥さんと娘さんによろしく伝えてくれ」

「娘は……」

「いや、それはもういいから」

ダイニングセットを持ち運びながら戻ってきたせいで門番に訝しげに見られながら街に入り、そしてそれぞれの自宅へと向かう分かれ道で二人は笑顔でそんな言葉を交わした。

そしてアレンは家へと戻り、運んできたダイニングテーブルと椅子を今まで使っていたボロボロのものと取り替える。

「ふう」

座っても嫌な音を立てることなく、ぐらぐらと揺れることもないその椅子に腰かけ笑みを浮かべながらアレンは大きく息を吐いた。

ステータスが上がり、ライラックのダンジョンの低階層のモンスターに後れを取るなどありえないとアレンもわかっているのだが、それでも一般人であるニックを連れてダンジョンに入っているのだからとずっと気を張っていたのだ。

「ニックとダンジョンに行くのも案外楽しかったな」

そんな感想を独りごちながらアレンが笑みを浮かべる。心を許せる友人と、報酬など金のことを気にすることなく探索するダンジョンは思いのほか楽しかったのだ。また行こうと誘われれば行っても良いなと思うくらいに。

しかし、とアレンは考えを切り替える。アレンが気になったのは九階層で見たイセリアの姿だった。ステータスは高いのに、モンスターとの戦い方は素人。そんな歪さがアレンの心のどこかに引っかかっていた。

しばらくそのことに考えをめぐらせていたアレンだったが、ぶんぶんと頭を振ってそれを振り払う。

「あー、やめやめ。他人の事情に首を突っ込んでも良いことなんてないしな。それより俺自身の冒険のことだ。そろそろ注文していたアレも来るはずだし」

アレンは冒険者ギルドに依頼していたアレを思い浮かべ、ニヤリと笑みを浮かべる。

オーガキングの魔石と角、三回分を売却した代金の千七百万ゼニーほとんどを使った、アレンの一世一代の買い物である。

それが来ればアレンの冒険は今までよりもはるかに効率的になる。そのことに顔を緩めていたアレンだったが、ヒューと入ってきた隙間風に少し体を震わせ、その表情をいつものものに戻した。

「うーん、そろそろ家の補修もしねえとな。せっかく覚えたんだし」

自分の座る新品の椅子と目の前のダイニングテーブルと対照的に、年季が入りボロボロな室内を見回しながらアレンが呟く。

「そろそろ四回目の買い取り代金も入ってくるし、防犯上から考えても修繕しちまうか。幸い金も多少は残っているし」

そうすることに決めたアレンは立ち上がり台所へと向かう。そして外食した時に店の主人が料理を作る様を眺め、上がった料理の腕を存分に発揮し、出来上がった夕食に舌鼓を打った。

その後、体を清めて一息ついたアレンはそのまま寝ようかと思ったのだが、もしかしてという思いのもと、ネラの格好に着替えて家を出ることにした。

西のスラムに近いアレンの家の辺りは夜になれば真っ暗だ。その闇にまぎれながらアレンは中心街へと向かって歩き始める。闇の中をクラウンが歩く姿は一種のホラーじみており、子供が見ればトラウマになりかねない姿ではあったが、幸いこんな時間に出歩く子供はいなかった。

しばらく歩き街の中心に近くなってくるとぽつぽつと立っている魔道具の街灯によって道が照らされており、多くはないが人の姿も見え始める。

アレンの姿に驚いた顔をしたり、「ひっ！」と悲鳴をあげかける者もいたが、なるべくそのことについては考えないようにしながらアレンは先を急いだ。

そしてアレンがたどり着いたのは、自分の職場である冒険者ギルドだった。門が閉まってから既に時間が経過しており、ギルドの酒場も営業を終了している時間なのでそこにいたのは職員を含めても両手で足りる数だ。

アレンは迷うことなくギルドの窓口へと向かい、夜勤の男性職員と対面する。アレンの異様な姿を見てもその男が営業スマイルを崩すことはない。さすがプロといったところだが、その実、何度もアレンがネラの姿で夜にやってきているので慣れたというのが本当だった。

「いらっしゃいませ、ネラ様。四回目の代金が用意できておりますが受け取られますか？　ご注文の品も本日入荷いたしましたので、そちらの受け取りも可能ですが」

顔パスとはちょっと違うが、ネラとして名乗る前に男性職員から告げられたその言葉に、アレンは思わず声をあげそうになったがなんとか我慢した。

マスクの下でにやけた顔をしながら、アレンは何もない掌を職員に差し出し、握る。そして拳を開くと、その掌の上には割札が二つ載っていた。突然それが現れたことに、男性職員の表情が驚きに染まる。その様子を見てアレンはこっそりと喜んでいた。

　せっかくクラウンの格好をしているんだから、ということでアレンはたまにサプライズをすることにしているのだ。その方が面白そうだから、そんな理由でしかないが。

　とはいえ本職のクラウンでもないアレンにできることは限られている。先ほどもギルド職員には割札が突然現れたかのように見えたのだが、実際は目に見えないほどの速さで動いて割札を取り出しただけなのだ。

「わ、割札を確認しました。それでは代金と商品を持ってきますので、し、少々お待ちください」

　わたわたと奥の事務所へと走っていく男性職員の姿を眺め、少し失敗したかなとも思いつつも、アレンはわくわくした気持ちで男性職員が戻ってくるのを待った。そして……

（いやー、ついに手に入れちまったな）

　アレンは自身の腰につけられた五十センチ四方ほどの袋、マジックバッグを眺めながら足取り軽く家に帰ろうとしていた。

　アレンが手に入れたマジックバッグは、ダークブラウンの薄い革袋のような見た目であり、取り出し口についた紐で巾着のように閉じることのできるタイプのものだった。もちろんマジックバッグには色々な形があり、本当に普通の鞄のようなものも存在しているが、そういったものはアレンが払った金額では到底手に入らないほど高価なのだ。

ギルドで受け取った金貨をアレンは実験がてらマジックバッグに入れてみたのだが、まるで奇跡のように吸い込まれていく様子に思わず声をあげそうになるほど感動していた。冒険者にとってマジックバッグを持つというのは一流の証であり、それにあこがれていたのはアレンも同じだったからだ。

しばらくそんな楽しい気分で歩いていたアレンだったが、街灯もなくなり、自宅に近くなってきたところで異変に気づく。

（足音、四人？　いや五人か？）

背後からわずかに聞こえる音を分析し、アレンは顔をしかめる。ただの足音ではなく、アレンの足音に紛れさせるようにして後をつけてきているのだ。それは面倒ごとの前兆にしか思えなかった。

（強盗か？　まあギルドで俺が金とマジックバッグを受け取るところを見ていた奴もいたしな。よし、撒くか）

アレンはそう決断すると自宅への道を逸れて路地へと入り込み、追跡者たちの視線から外れた一瞬の隙に地面を蹴って飛び上がった。そして音もなく数メートル上の屋根に降り立ったアレンの耳に、ざわざわとした自分を捜す声が聞こえてくる。

うまく撒けたとアレンは安堵し、屋根を伝ってそのまま帰ろうとしたのだが……

「上か！」

その声に聞き覚えのある気がしたアレンだったが、続けて聞こえた壁を蹴り上がる音に慌てて身を翻す。アレンが上に飛んだ証拠などほとんどなかったはずなのに、暗闇の中、わずかな証拠から正解を引き当てるその直感を恐れたのだ。

（直感の鋭い奴は面倒なんだよな。相対する前に逃げるに限る）

アレンはすぐにその場から姿を消し、追跡者の男が屋根の上へと降り立ったときには既に影も形もなかった。

その屋根にわずかばかりの痕跡を見つけたその男は「チッ」と舌打ちすると捜索を再開すべく屋根から飛び降りたのだった。

翌日、いつもどおりの時間に目を覚ましたアレンは軽く背伸びをしてギシギシと音を立てるベッドから台所へと向かった。追跡者のせいで多少水を差された感はあったが、それでもマジックバッグを手に入れたことは嬉しく、上機嫌でアレンは朝食の準備を始める。

今日は休みで特に予定もないため、気分も良いし、少し手の込んだ朝食でも作ろうかとアレンが調理を始めたその時だった。家のドアがノックされたのは。

（誰だ、こんな朝早くに？）

そんなことを考えながら濡れた手をアレンが拭いていると、続けてドア越しに声が聞こえてきた。

「開けてくれ。エリックだ」

「おぉ、ちょっと待ってくれ」

アレンが慌ててドアへと駆け寄り扉を開ける。そこには街を巡回する時の紺色の制服を身にまとった精悍な顔つきの兵士が立っていた。アレンより幾分か若く、隙を感じさせない鋭い目をしているが、その口元などアレンとどこか似通ったところのある男だった。

その兵士の男をアレンは両手を広げて歓迎する。

「よく来たな。エリック」

「ただいま、兄貴」

二人は笑いながらハグをし、久しぶりの兄弟の再会を喜び合う。そしてアレンはエリックを家の中へ入るように促した。

「ちょっと待ってろよ。今、朝食を用意してやるから」

そんなことを言いながらアレンがエリックの分も含めて朝食の準備を始める。エリックは新しくなっていたダイニングテーブルなどにちょっと驚いたりしながら、幼い日に見ていたのと同じ光景を懐かしく眺めていた。

エリックはアレンの弟であり、そして現在はこのライラックの街の兵士として働いている。ドルバンの工房で造られた剣で見事試験を突破し兵士の仕事を得たわけではあるが、入り立ての頃は兵舎暮らしが強制されており、それ以降もある事情によって実家に帰る機会がなかな

か得られなかったため、こうして二人が会うのは久しぶりなのだ。とは言え、街の巡回などの時にすれ違ったりすることはあり、既に他の弟妹が街から離れてしまっているアレンからすれば最も身近にいる弟なのではあるが。

　手早く二人分の朝食を用意して机に置くと、エリックの対面へとアレンは座る。そしていつもどおりの祈りを口にした後、食事を始めた。

　朝食を口に含み、そして目を見開いて動きを止めたエリックにアレンはニコニコと微笑む。

「美味いだろ？」

「ああ、美味い」

「ギルド職員になって生活も安定したし、ちょっと色々と研究してるんだよ。料理もその内の一つだ。お前たちがいるうちに食べさせてやりたかったけどな」

　行儀悪く、フォークで料理を指したりしながら楽しそうに話すアレンの様子にエリックも笑みを浮かべる。エリックがここにやって来た理由の半分はアレンのことが心配だったからであり、今のアレンの様子から自分の心配が杞憂だったとわかったのだ。

　そんな、エリックの内心を知ってか知らでか、アレンは話を続ける。

「そういや、そっちは大丈夫なのか？　ええっと、あのジュリア様の件は？」

　少し聞きにくそうにしながらも心配が勝ってしまったアレンの言葉に、エリックは苦笑しながら首を縦に振った。

「ジュリアは良くやってくれているよ。俺がもう少し手柄をあげて騎士に推挙されれば、貴族籍に戻してあげられるはずだ。彼女は今のままでも幸せと言ってくれているが」

「そっか……愛されてるな」

その答えにアレンの表情が緩む。心配ごとがなくなったアレンとエリックは近況を報告したりしながら食事を続け、そして全てを食べ終えた。

久しぶりの兄弟の交流に満足し笑みを浮かべたまま、片付けでもしようかとアレンは腰を上げようとした。しかしそれはエリックの言葉によって止められた。

「ところで兄貴。ネラって奴を知ってるか？」

その言葉に反射的に知らない、と言おうとしたアレンだったが、なんとかその言葉を止めることに成功していた。鬼人のダンジョンを単独で制覇したネラは今やライラックの街で知らぬ者はいないほどなのだ。それを知らないと返すのはありえないことだった。

「えっと、噂以上にってことだよな？」

「ああ。昨日の夜、追跡した結果、こっち方面に来たんだ。途中で撒かれてしまって、その後も一晩中捜し回ったんだが手がかりすら見つからなかった。でも前々からスラム方面での目撃情報が多いからこの辺りに住んでいる者だと思うんだが」

エリックのその言葉に、どうりで聞き覚えのある声だったわけだと内心で納得しつつアレンはどう答えるべきか迷っていた。

当然ではあるがアレンがネラとして活動している時に罪を犯したなどということはない。城壁を飛び越えて街を出入りしているのは罪と言えば罪なのだが、他の誰かに迷惑がかかっているわけでもないのだ。まあそのことが発覚すれば見回りの兵士たちが罰せられる可能性はあるのだが現状ではそのようなこともない。

つまりアレンには兵士に捜されるような心当たりが全くなかった。

「というかなんで追ってるんだ？　犯罪者だとか？」

「いや、現状では罪を犯したという証拠はないんだが……実は内々に領主様から探るように命令が出ているんだ。ダンジョンを独りで踏破するような実力者がスラムにいるってことを警戒しているみたいだ」

「あー、そういうことか」

エリックに小声で教えられ、アレンは深く納得する。確かに権力者からしたら自分の配下でもない素性もわからない実力者が、しかもスラムに潜んでいるとなれば気が気でないだろうと想像がついたからだ。

もしアレンが危険思想を持っていて領主に対して反乱を起こしたのならば、その被害が甚大なものになるのは明らかだ。兵士の中でも最上位の実力を持っているエリックでさえ、それを止めるのは不可能だろうという確信がアレンにはあった。

「うーん。悪いが噂以上のことはわからないな。見かけたこともねえし」

内心で、実際自分の姿は見れないから嘘ではないし、などと考えつつ答えたアレンに、エリックは「そうか」とだけ返して小さく笑い、そして席を立った。

「悪いな、兄貴。変なことを聞いて。まあ俺自身はそこまで警戒する必要はないと思うし気にしないでくれ。ご飯美味かったよ」

「おう、また来いよ。未来の騎士様」

「ははっ、じゃあ今度会うときは兄貴にひれ伏してもらおうかな」

「やるか、ばーか」

そんな冗談を交わし、そしてアレンとエリックは別れた。アレンは大きくなった弟の背中を見送り、しばらくの間、閉まったドアを眺め続ける。そして今後のネラの行動などについて考えをめぐらせていたアレンだったが、それが少し整理できてきたところで昨日考えていたことを思い出した。

家の補修の件だ。

金貨についてはいざという時のために死蔵することに決めているのだが、アレンの家はボロ家である。スラムに近い位置にあるし、閉め切っているのに隙間風が入ってくるほど建物自体もボロボロだ。そんな場所に平気で大金を置いておけるほどアレンの神経は太くない。

マジックバッグに入れておき、いつも持ち歩くという案がないわけでもなかったが、いつ命を落とすかもしれないダンジョン探索に大金を持っていくというのは冒険者時代からの常識もありアレンは採用できなかった。

家にあれば残った弟妹が発見して、有効に活用してくれる可能性があるのだから、そちらの方が良いとアレンは考えたのだ。

「やっぱリフォームするしかねえよな。後、隠し部屋を作った方がいいな」

そう結論を出したアレンは、街で必要なものを調達するために食事を片付け、さっそく家を出た。

最近の休みの日はドルバンと鍛冶をしたり、ネラとして鬼人のダンジョンに行ってばかりだったため、行きつけの店に行く以外は街を散策することのなかったアレンだったが、当たり前だが街の様子は今までとほとんど変わってはいない。

そんな街並みを眺めながらアレンは必要なものを考え、ゆっくりとした足取りで通りを歩いていく。この国有数の大都市であるライラックは午前十時という中途半端な時間でありながら、通りにはアレンと同じように買い物や観光のために歩いている人の姿が散見された。そして店々から張りのある呼び込みの声が聞こえてくる。

(外側はそのままにするとして、内部はやっぱり全部張り替えだよな。隠し部屋は地下室がベストか？　この辺りは地盤が固いし、崩れることはねえだろ。でも最初は雨漏りを直すところからか？)

店を冷かしながらアレンの中でリフォームのプランが固まっていく。養護院の補修を見たことでどういう風に修繕すべきかが自然とわかるのだ。それにつれてだんだんとアレンは楽しくなっていった。隠し部屋を作るのだから人に頼むわけにはいかない。つまりアレン一人で全て行わなければならない。

今まで雨漏りの修理などはお金がないので自分で行ってきたアレンだったがさすがにこれほど大きなリフォームはしたことがなかった。しかしステータスの上がった今、どれほどのことができるのか試してみたくなったのだ。

いつも雨漏りを直す時に木材を買いに行く材木商の店へと着いたアレンはなじみの店員に「また雨漏りの修理かい？」などと軽口を叩かれながら必要そうなものを確認していく。先ほどまで散々プランを練っていたのでおおよその材料の量はわかっていた。そしてそれを購入しようかと考えたところで気がついた。買うのは駄目だと。

そもそも小さいとはいっても家一軒をリフォームしようとすれば必要な木材はかなりの量になる。今あるお金で買えないことはないが、買ったとしたらかなり目立つ。アレンがしようとしている家の全面的なリフォームならば大工に頼むのが当たり前だからだ。

アレンは目立つのを防ぐために外観についてはあまり手を加えないつもりだった。それだけの木材を買ったのにもかかわらず外観がボロいままでは逆に不自然であることに気づいたのだ。

失敗する直前に気づき安堵したアレンだったが、同時に初めから計画がつまずいてしまったことに肩を落とす。ここまで来て何も買わないのも不自然なのでいつもどおり雨漏りの修理用の木材だけを購入し、アレンはとぼとぼとした足取りで家へと帰った。そして屋根の修理を速攻で終えると計画を練り直す。

木材店で通常通りに木材を購入することはできない。だとすれば自分で木材を入手するしか方法はない。しかしそれはそれで問題があった。

ライラックの街の外には森がある。しかしそこはライラックを治める領主の所有物なのだ。許可を受けたきこりなどが決まった量を伐採する分には問題にならないが、無許可で木を切り出すのはもちろん犯罪だ。

ネラの姿で深夜に一気に切ってしまえば気づかれないのかもしれないが、そもそも切った木は水分を多く含んでいるのですぐに建材としては使えないというのはベテラン冒険者にとって常識である。依頼を受ける中で野営などをする時に生木を燃やそうとして失敗するのは新人の冒険者あるあるであり、実際にアレンも経験したためそのことをよく知っていた。

買うことはできない。そして自分で伐採するのも不可能。そう結論を出して、アレンがふぅと息を吐く。

「となると、やっぱ手段は一つしかねえよな。人が多すぎるのがちょっと心配だが、まあマスクもかぶっているし格好も違うからわかんねえだろ」

実際、鬼人のダンジョンの単独攻略を何度も繰り返している謎の人物の噂が広がっていることは、ギルドにもその人物についての問い合わせが来て困っているとマチルダが愚痴っていたためアレンも知っていた。さらに言えば兵士であるエリックも聞きに来たのだから疑いようもない。

　しかしアレンに疑いの目が向けられている様子はなかった。ギルド職員になる前からずっとこの街でアレンは冒険者として活動してきた。アレンの実力など周知の事実であり、それがネラと繋がるはずがなかったのだ。

　これからの予定を大まかに決めたアレンはいそいそと布団に潜り込み目を閉じる。しばらくしてアレンの寝息が部屋に響いた。

　そして深夜、目を覚まして食事を済ませたアレンはいつもどおりネラの格好に着替え、その上から全身を隠すようなローブを羽織り、諸々入ったリュックを背負って家を出た。

　そのままスラムを足早に通り過ぎ、防壁を飛び越えて街の外へと降り立つ。

「さて、じゃあ行くとしますか」

　アレンはそう小さく呟き、ローブを脱いでリュックに詰めると目的地へ向かって走り始めた。

　その方向は鬼人のダンジョンのある西ではなく、南方向だった。

　アレンが家を出て、ほんの一時間程度。ネラとしてはいつもどおりの入場時のごたごたがあったことを考えれば信じられない速さで、アレンは街の南側にあるライラックのダンジョンの目的の階層にたどり着いていた。つい昨日、ニックと来たばかりである九階層に。

「よし、いつもどおり誰もいねえな」

降り立った階段のすぐそばでぐるりと周囲を見回しながらアレンが呟く。そして手に持ったステッキで軽く肩を叩き、ニンマリと笑みを浮かべた。

「んじゃ、伐採開始しますか」

そして目的の建材を求めて駆け出していき、アレンによる伐採は始まった。


「うっし、五体目発見。ウインドカッター」

わざと速度を落として駆けるアレンの姿に反応したトレントがわずかな動きを見せた瞬間、それを察したアレンが魔法を行使する。

ウインドカッターは風系の魔法の中で最弱のものだ。火系の魔法でアレンがよく使っているファイヤーボールと同程度の威力であり、通常このライラックのダンジョンであれば一から五階層にいるゴブリンなどのモンスターには有効で、六階層以降のモンスターには決定力に欠ける程度の力しかない。

その程度のものでしかないはずなのだが、アレンの放った風の刃はまるでそこには何もなかったかのようにトレントを通過していき、それどころかその背後にたたまあった、ただの木の幹の半ばまでその刃をめり込ませた。

トレントがずうぅんという音を響かせながら地面へと倒れ、後ろの木がメリメリという音を立てながらその幹をゆっくりと傾け、そして他の木に支えられる形で止まる。

「うわっ、まだ威力が高すぎるか。けっこう抑えているつもりなんだが」

そんなことを呟きながらアレンがトレントへと近づく。

以前冒険者として活動していたとき、他のパーティのヘルプ要員として手助けすることの多かったアレンは魔法についても一通り扱うことができた。しかし初級の魔法しか扱えず、本職に比べるとどうしても見劣りしてしまうため魔法職代わりとしてパーティに入ることはほとんどなかったのだ。

魔法を利用した火おこしや水の補充などは非常に好評ではあったのだが。

そんなこともあり、魔法の扱いについてアレンはそこまで慣れておらず、それゆえに剣以上に手加減の調整にてこずっていた。

「後ろに他の奴がいたらスッパリいっちまいそうだし、もっと加減しねえと」

そんな独り言を呟き、そしてふぅ、と息を吐いたアレンが連続でウインドカッターを行使していく。その刃はトレントの幹を切り裂いていき、残されたのは切り口が正方形に綺麗に揃えられた長さ十メートルほどの柱だった。

アレンはさらにその柱に対してウインドカッターを使い、そして出来上がったのは横幅十五センチ、長さ三メートル、厚さ三センチほどの建材として使用しやすい大量の板だ。その板を軽く叩き、その乾いた音に満足げに頬を緩める。

「いやー、本当に楽だな。ウインドカッター一発で倒せて、すぐに使える上に丈夫だなんてトレント最高だな」

そんなことを言いながらアレンはせっせと作った板をマジックバッグへと入れていく。

当然であるがアレンの言葉は普通の冒険者には当てはまらないものだ。トレントを倒すのにはそれなりの労力がかかるし、さらに言えば九階層が嫌われる最大の理由であるトレントの運搬が非常に難しいということを無視しているのだから。

トレントが建材として優秀なのは確かだ。しかしライラックのダンジョンでトレントが出てくるのは九階層なのだ。つまり倒したトレントをそれだけの階数、運ぶ必要があるというわけだ。

ダンジョンの各階層を繋ぐのは階段であるため、トレントを運搬するための荷車を持ち込むわけにもいかず、手で運ぶしかないため自ずと持ち出せる本数は限られてしまう。

トレントの需要はあるし持って帰ればそれなりの値段はつくが、他の素材を大量に持って帰った方がはるかに稼げる。まあ隣領にあるダンジョンの浅い階層にトレントが出現するというのも、値段がそれなりである理由だろう。

とはいえ、マジックバッグを手に入れているアレンには運搬にかかる手間などない。他の冒険者もマジックバッグを持っていれば同じかも知れないが、希少なマジックバッグを持っているほどの凄腕の冒険者がトレントを狩るようなことはないのだ。

「よし、次行ってみるか」

すでにトレント五体分。明らかにアレンの家の補修には十分であろう量の建材を手に入れているはずなのだが、なんだか楽しくなってきたアレンはそのまま建材造りに没頭していった。

そして……

「よっし、もうパンパンだな」

既に自分自身でも何体倒したかわからないほどトレントを建材に変えていたアレンが、マジックバッグに入れようとしても入らない建材を抱えながら満足そうに笑みを浮かべる。

アレンが買ったマジックバッグは千七百万ゼニー。品によって差がありアレンのマジックバッグは、容量で言えば中の下といったところで、それでもアレンの家が二軒ほど入る容量を誇っていた。

はっきり言って完全に狩り過ぎである。

しかしアレンは特に気にしてはいなかった。地上部分を補修する以外にも隠し部屋として地下室を造るつもりであったし、余ったとしてもなにがしか利用方法はあるだろう、と気楽に考えていたからだ。

「うーん、街の外に秘密基地とか作るのも面白いかもな。周囲をトレントの幹で囲っちまって、飛び越えてしか入れないようにすればある程度侵入は防げるだろうし」

アレンがそんな妄想(もうそう)をしている、その時だった。

「キャー!!」

かすかに聞こえたその悲鳴に、アレンは瞬時に反応しその方向へと向かって全速力で駆け出していた。

（くそっ、間に合えよ！）

一度の悲鳴のあと何の音も聞こえなくなってしまったことに焦（あせ）りながら、アレンは蹴りつけた地面がえぐれるような速度で森を駆けていく。

ダンジョン内でモンスターと戦うのであれば、何があったとしても全ては自己責任であるとアレンもわかっている。助けに行く義務などないし、逆に自らが命の危機に瀕（ひん）する可能性だってあるのだ。

それでもアレンは放ってはおけなかった。アレン自身たまたま通りかかった冒険者に助けてもらったことは一度や二度ではない。そのおかげで生き延（の）び、弟や妹を食べさせることができたのだ。

だからこそアレンは自分の実力が及ぶ範囲であれば、積極的にピンチの冒険者を助けに入った。迷惑がられることがないわけではなかったが、半ば自分自身の満足のためにやっているのだからと、アレンはそれをやめようとはしなかった。

そういった行動のおかげもあり、実は多くの冒険者たちからのアレンの評判は決して悪いものではなかった。先のライオネルを始めとした、実力のあるいくつかのパーティに徹底的に嫌われているため、あまり大きな声にはならないのであるが。

ギルド職員として採用されたのも、そういうアレンの行動が評価されてのことであるのだが、それをアレンが知る由（よし）もない。

そしてアレンはついにその場所へとたどり着いた。まず目に入ったのは枯れた太枝を広げた、醜悪な笑みを浮かべた人の顔をその幹に貼り付けた巨木。そしてその枝から垂らされた蔦に首を引っ掛けられて吊るされているイセリアの姿だ。必死に抵抗していたらしき片手が蔦から外れ、アレンの目の前でだらりと垂れ落ちる。

「ウインドカッター！」

アレンはそう叫び、同時にその巨木、この階層にいるはずのないモンスターであるハンギングツリーへ向かって駆け出す。

ハンギングツリーはその名の通り枝から垂らされた蔦を自在に操り、人の首を吊るして殺すモンスターだ。その蔦は並大抵の剣では切ることもできないほど頑丈であり、さらに言えば木の部分もトレントとは比較にならないほど堅く、そして太い。

トレントとは違い、かなりの速さで地面を移動できることも脅威ではあるのだが、それ以上にこのモンスターが恐れられているのはその残虐さにあった。

実はハンギングツリーはかなりの威力の土魔法を使用することができる。この階層に来る程度のレベルの冒険者であれば即死させるほどの威力のある魔法だ。しかしこの魔法を使ってハンギングツリーが人を殺すことはない。精々、戦っている者の足などを狙って怪我をさせるくらいなのだ。

そして弱った獲物をハンギングツリーは蔦で絡めとり首を吊る。そしてじたばたともがく人が動かなくなるまで笑いながらそれを眺め続けるのだ。

（チッ、話には聞いていたが趣味の悪い奴だ）

イセリアの片足からぽたぽたと流れ落ちる血を確認し、ギリッとアレンが歯を噛みしめる。

これまでアレンはハンギングツリーと戦ったことがない。凶悪なモンスターとして上位の冒険者から話を聞いた程度であり、彼女らが倒すのに苦労したということからかなりの強さを誇っているだろうと推測してはいたが。

かなり本気で放ったウインドカッターの風の刃が、イセリアを吊った蔦を切断するのを視認したアレンは少しだけ笑みを浮かべ、持っていたステッキを目前に迫ったハンギングツリーの幹へと鋭く突き刺す。

メキャ、という何かが潰れるような音を響かせながらハンギングツリーは大きく後方へと飛ばされていき、そしてアレンの放ったウインドカッターの巻き添えをくった他の木が音を鳴らしながらその幹の上部を倒れさせていく。

（まだだ。耐久性に関してはこれまでで随一って話だったし、一旦イセリアを連れて離れる！）

アレンはすぐにきびすを返し、地面に倒れたイセリアの首から強引に蔦を引きちぎるや否や、イセリアを胸に抱いてその場から離れるために駆け出した。ぐてっと力が全て抜けてしまったかのようなイセリアの姿と、その首に残る赤く染まった跡を眺めながらアレンが舌打ちする。

（呼吸してねえか。くそっ、せっかく助けに来たんだから死ぬんじゃねえよ！）

イセリアをしっかりと抱きしめながら、アレンはさらに速度を上げる。この付近で治療してハンギングツリーに邪魔されては意味がないのだ。治療にはある程度の時間が必要なのだから。

一分ほどでかなりの距離を稼いだアレンは森の中で少しだけ木の密度が薄く視界が広い場所で立ち止まり、急いでイセリアを地面へと降ろした。ここであればある程度の時間は稼げるし、ハンギングツリーの襲撃も事前に察知できると判断したのだ。

地面に横たわらせたイセリアの脈や呼吸をアレンが確認していく。そしてその結果はアレンが恐れていた最悪の状況だった。

「あー、くっそ。こっちは本気で急いだんだぞ。勝手に死ぬんじゃねえよ！」

そんな聞こえるはずもない悪態を吐きながら、アレンは力任せにイセリアの薄青に輝く質の良さそうな胸当てを引きちぎる。

イセリアが装備の下に纏っていたのは上質なモンスターの素材を使用した服であったが、そのことにアレンは気づく様子もなく、そのそれなりに存在を主張する胸の中心へと無造作に手を置いた。

「心肺蘇生なんて昔ギルドで習ったっきりだぞ」

冒険者時代、それもまだ十代のころにギルドの講習で教えられた心肺蘇生法を思い出しながらアレンはイセリアの胸を押していく。腕を真っ直ぐに伸ばし、掌全体ではなく付け根部分だけでリズミカルに押して心臓を動かしていくアレンの手際は、まさに理想的と言えるほどだった。

そしてアレンはイセリアのあごを上げ、その鼻をつまむと胸の動きを確認しつつ慎重に息を二回吹き込む。

「一、二、三、四、五、六。おらっ、さっさと起きやがれ！」

再び胸の圧迫を繰り返しながら、アレンが目を閉じたまま動かないイセリアに向かって文句を言い続ける。アレンも万が一に備えてポーションなどの回復用のアイテムは用意しているが、死者に効く薬など知らなかったし、持っているはずがなかった。

教会の秘儀として死者蘇生を行うことができる、などという与太話なら聞いたことはあったが、ここは教会ではなくダンジョンの中だ。頼りになるのは昔に習った心肺蘇生法、それだけだった。

アレンはひたすらにそれを繰り返す。心肺蘇生法といえど、それは経験から積み重ねられた蘇生方法の一つにしか過ぎないことはアレンもわかっている。何事にも限度があり、届かぬ命はどうしてもある。アレン自身が心肺蘇生法を習ったのもそういった経験をしたからだ。

ただひたすらに繰り返してもイセリアは動かない。だがそれでも、それでも……とアレンは諦めなかった。なぜかわからないがイセリアを死なせては駄目だとアレンの直感が言っていたのだ。

「死ぬな。イセリア、帰ってこい！」

アレンの瞳から一粒の涙が流れ落ちる。それはネラのマスクを伝い、そしてイセリアの頬へと零れ落ちた。その瞬間だった、眩いほどの光がイセリアを包み込んだのは。

視界が奪われるほどの光と吹き飛ばされそうなほどの風を受け、アレンが目を細める。マスクのおかげか視界を完全に奪われることのなかったアレンは、光を放つイセリアがまるで見えない誰かに支えられているかのように宙に浮く、そんな幻想的な光景を目撃した。

「なんだ、こりゃー!!」

アレンの叫び声に呼応するかのように、一段と強い光を放ったイセリアだったが、その次の瞬間、まるで今までの光景が幻であったかのようにその光は消え失せていた。それと同時にアレンの胸の辺りの高さで漂っていたイセリアが自由落下を始める。アレンは慌ててそれをキャッチした。

腕の中で目を閉じたままのイセリアだったが、苦しげな表情をしていた顔は穏やかなものに変わっており、そして何より……

「ハハッ、呼吸してやがる」

ゆったりとした寝息のような音を捉え、アレンは気が抜けたように尻をペタンと地面に下ろした。

（そういや、考えてみれば前回もイセリアは気を失っていたんだよな。なんかそういう運命でもあるのかね？）

　そんなことを考えながらアレンは一度大きく息を吐く。そしてゆっくりとイセリアを地面へと降ろし、マジックバッグから取り出したトレントの建材を地面に敷き詰め、そこに毛布を敷くことで簡易的な寝床を造り上げた。

　アレンはそこへイセリアを移動させると自身のローブをかけてやる。その途中でイセリアが足を怪我していたことを思い出し、慌ててポーションを用意しようとしたのだが、あったはずのその傷は影も形もなかった。

　アレンは周囲を警戒しながらイセリアが目を覚ますのを待つことにした。アレンのステータスであればイセリアを抱いたまま一階層へと戻ることなど造作もないのだが、出入り口で鬼人のダンジョンの二の舞になることを恐れたのだ。

　むしろ鬼人のダンジョンよりはるかに規模が大きく、利用している人数も桁が違うのだからもっと厄介なことになるかもしれない。そんなアレンの予想はおそらく間違っていないだろう。

（しかしあの光、なんだったんだろうな？）

　突然イセリアが光を放ち始めた状況を思い出しながらアレンが首をひねる。涙が零れ落ちた次の瞬間に起こったことなのでそれが契機になったようにも思えるのだが、アレン自身の涙には何の効果もないことをアレンは誰よりも知っていた。そうなるとかぶっているマスクの効果とも思えるのだが、アレンが今まで使ってきた限りそんな効果があるとはとても思えなかった。

マスクを見つけた当時、水面に映ったマスクをかぶった自身の姿に、せっかく見つけたお宝なのになぜこんな使いづらいデザインなんだ、と思わず涙を流したのだが、その時は何も起こらなかったのだから。

解けない疑問にもやもやとしながらアレンが警戒を続けていると、「うっんー」という声を出しながらイセリアが体を伸ばし始める。そしてぼーっとした表情のまま上半身を起こしたイセリアが、自身にかけられたローブを見つめ、ゆっくりと周囲に視線をめぐらせていく。その視線はアレンへ向かったところでピタリと止まる。ぼーっとした目をしたままにこりと笑みを浮かべるイセリアに、少し困惑しながらもアレンはその姿を眺め続けた。

しばらくして瞳の焦点がしっかりと定まり、その瞬間、まるでバネ人形のように飛び上がったイセリアは左右をせわしなく警戒し始める。おそらくハンギングツリーのことを捜しているんだろうと察したアレンは、心配するな、と言おうとして、そういえば今はネラの姿をしているんだったと思い直して口を閉じた。

ネラはこれが面倒なんだよな、必要なことなんだけどよ、と内心考えつつアレンはマジックバッグに入っていた黒い石板とそれに文字を書くための白い石を取り出して文字を書き始めた。

『ハンギングツリーならここにはいない。安心しろ』

そう書いて、コンコンと石板を叩いて知らせると、それを見つけたイセリアは胸に手を当てながら大きく息を吐いた。

「ありがとうございます。ネラ様が助けてくださったのですね。あの木の怪物、えっとハンギングツリーから」

そう言ってやわらかく微笑むイセリアの姿にちょっと見とれてしまい反応が遅れながらも、アレンは首を縦に振った。イセリアの少し潤んだ瞳にはネラに対する感謝の念だけでなく、全幅の信頼のようなものまで感じられた。

(うわっ、これ下手したら勘違いしそうだよな。なんというおっさんキラー)

ドキドキと高鳴る胸をそんな冗談で落ち着けようとしながらアレンは視線を外し、そして再び文字を書いた石板をイセリアへと示す。

『地上へ戻るなら階段まで案内するが』

「そうですね。助けていただいた上にそんなことまでしていただくのは申し訳ないのですが、さすがに今日は帰ることにします。戦いで痛んだ装備のメンテナンスも……ああっ！」

イセリアが悲痛な声を上げる。落ち着いたことで自身が装備していたはずの軽鎧がないことに気づいたのだ。そしてそれを捜すように首をせわしなく動かしたイセリアが、自分の背後に落ちていた軽鎧を見つける。アレンが無理矢理に剝ぎ取ったせいで接合部などが歪み、通常どおりには使えないだろうことがはっきりとわかるそれを。

呆然としたままそれを眺めているイセリアの背中を見ながら、アレンは内心焦っていた。

(やっべ。緊急事態だから気にしなかったけど、あれってかなりお高い装備だよな。弁償しろ

って怒るかな。いやイセリアの感じからして真実を告げれば仕方ないって言ってくれそうな気もするが）

そんなことを考えながら様子を窺っていたアレンだったが、一向に動こうとしないイセリアの姿に不安が高まっていく。アレンがそろりそろりと移動してこっそり彼女の顔を確認すると、イセリアは顔を歪めながらも声をこらえ、ただ涙を流し続けていた。

その尋常ならざる様子に、ネラとしての立場や賠償をどうしようかなどといったアレンの思考が全て吹き飛ぶ。ただ装備を失った以上の何かがそこにはあると、ありありとわかったからだ。

「すまん。大事なものだと知らずに心肺蘇生に邪魔だったから引きちぎっちまった！」

これまでさんざん弟妹たちに言ってきた、悪いことをしたらすぐに謝る、という教訓を体現したかのような潔さで胸に手を当て、アレンは自分のせいだと告白した。

イセリアが顔を上げ、そして涙を溜めた瞳でアレンを見つめる。何を言われるのかと、鼓動を速めながらアレンはじっとその時を待った。

「ネラ様、声が……」

「あっ、やべっ」

思わぬ一言に、アレンが失態に失態を重ねて慌てふためく。その様子がおかしかったのかイセリアはその表情を少しだけ緩め、ふふっと笑った。

「お話しできたのですね」

「あー、まあな。正体を周囲に知られたくなくて声を出してなかっただけだ」

いまさらごまかすわけにもいかず、アレンがお手上げのポーズをしながら首を左右に振る。

そしてイセリアの前にどかりと腰を下ろすと、真剣な眼差しで壊れてしまったイセリアの軽鎧を見つめた。

「悪かったな。なにか思い入れのある品だったんだろ」

「はい。とってもご恩のある、私のおじい様のような方から餞別にいただいたものです」

その言葉にアレンが顔を青くする。思い入れのある品を壊してしまったということが半分と、見るからに高級品の軽鎧を餞別に送るようなおじい様という人物の背景を考えてしまったせいだ。平民であれば大商人などの裕福な者であろうし、そうでなければ貴族の可能性が高い。どちらにせよ、かなり影響力がある人だろうことはアレンにも容易に想像がついた。

懐かしむように壊れた軽鎧を見ていたイセリアがアレンへと視線を戻し、そして彼の尋常ならざる雰囲気ににこりと微笑む。

「大丈夫ですよ。おじい様は優しい方ですし、私の命を救うために必要だったのだから褒められこそすれ、悪いようにはされないと思います。理不尽なことが大嫌いな方でしたから」

「いや、別にそんなことは……ありがたい情報、感謝する」

「感謝するのはこっちのほうですよ」

笑うイセリアにつられて、アレンもやっと笑みを浮かべた。とは言えネラのマスクをかぶっているためその表情は見えないのだが、それでも雰囲気はイセリアに伝わった。

「直りますかね？」

「腕の良い鍛冶師が知り合いにいるから頼んでみる。ちょっとの間、借りてもいいか？」

「はい」

提案に嬉しそうに即答したイセリアに向けて、アレンはため息を吐く。そして頭をぽりぽりとかきながら口を開いた。

「いや、イセリアは疑うことを覚えろよ。俺がそのまま持ち逃げする可能性だってあるんだぞ」

「でもネラ様はそんなことしませんよね」

「それはそうだが」

「なら問題ありません」

全幅の信頼を寄せているようなその対応に、アレンは言葉を続けられずに黙り込み、そして再びため息を吐く。それとは対照的にイセリアは、軽鎧をアレンが拾いそのままマジックバッグに詰めるのをニコニコと笑いながら眺めていた。

イセリアが立ち上がり、そして体の調子を確かめるように動かしていく。何の支障もなく動く体に安堵の笑みを浮かべるイセリアにアレンは告げた。

「じゃあ階段まで送っていく。悪いが俺は少し用があるから、独りでダンジョンを出るのが不安ならそこで待機していてくれ」

「ネラ様の用とは？」

「ああ、ハンギングツリーを吹き飛ばしはしたが、救助を優先したから放置してきちまったんだ。あいつがいると余計な犠牲者が出かねないから先に始末しておきたくてな」

この九階層に来る者など物好きしかいないが、下の階層へと進むために通り抜ける者はいるし、裏を返せば物好きがここに来ることはあるのだ。このまま放置して帰って、犠牲者が出たなんて聞いた日には後悔してもしきれない。そうアレンは考えていた。

その言葉を聞いていたイセリアが、表情を真剣なものへと変えていることにアレンが気づく。

「私を連れていってくれませんか？」

「駄目だ。イセリアのステータスじゃああいつには勝てない。悔しいかもしれないが、そういう判断ができて、気持ちを切り替えられないと良い冒険者には……」

若干説教臭い言葉を続けようとしたアレンだったが、イセリアの真っ直ぐな眼差しに貫かれ言葉を止める。そんなアレンの前でイセリアは目を閉じ、まるで告白でもするかのように頬を赤くしながら目を開いた。

「私、勇者の卵なんです。駄目駄目な卵なんですけどね」

ちょっとだけ舌を出し、首を傾げて冗談でも言っているかのようにイセリアが告げる。その可愛らしい仕草にクリティカルヒットされながらも、アレンはなんとか動揺を表に出すことな

く耐えていた。

（落ち着け。落ち着け、俺。見た目は告白っぽかったが、内容は全く違うからな。勘違いすんなよ）

自分自身にそう言い聞かせながら、しばしアレンは深呼吸を繰り返す。するとさほど時を置かずして心は落ち着き始め、そしてイセリアの言葉について冷静に考えられるようになった。

「勇者の卵か」

そう呟いたアレンに、イセリアが苦笑いしながら首を縦に振る。

勇者の卵。

それは広く知られているが、実在の人物として会うことはほとんどないそんな存在だった。

普通、人にはレベルの上限がある。具体的に言えばレベル五百を超えることはできない。しかし勇者の卵は違う。このレベル上限を突破し、更（さら）なる高みへと昇ることができるのだ。

とは言えレベルの上限値は一定ではなく、人によってばらばらだ。極端なことを言えば上限レベルが五百一という勇者の卵も存在しうるということになる。それでも人としての限界を超えていることには変わりないのだ。

そんな存在を国が放っておくはずはない。勇者の卵だと判明した者は半ば強制的に王都へと連れていかれ、教育と訓練の日々を送ることになる。そして自分たちの駒（こま）として利用できそうな者は騎士などとして登用し、そうでない者は王都から出されるのだ。

勇者の名に恥じぬよう人々を救えと、もっともらしい理由をつけられた上で。

　普通の者はこれらの事情を知ることはない。だが、アレンは別だった。その話は、一時期アレンを小間使いとして雇い、世話をしてくれた冒険者パーティのリーダーである勇者の卵本人から聞いたものだったからだ。

　豪快で、気風の良いそのリーダーが、酒を飲んだときに「くそったれな生活だったよ。その上、いらなきゃポイだ。使えない駒には死んでほしいってことさ」と愚痴のように漏らしたその言葉は、強烈な印象を持ってアレンの心に刻まれていた。

「討伐義務のせいか？」

「あれっ、ネラ様はよく知っていらっしゃいますね。誰かお知り合いが？」

「ああ、昔な」

　苦虫を噛み潰したような顔をしながら、アレンは目の前で微笑むイセリアを見つめる。放出された勇者の卵には一つの義務が課される。それはモンスターの討伐義務だ。

　魔王という存在がおとぎ話の中にしかいない現状、人々の安寧を乱すのはもっぱらモンスターだ。勇者の卵なのだからその脅威を取り除くのは当然という建前であるのだが、この討伐義務というのは非常に厄介なものだった。

　討伐義務の内容を具体的にいうと、存在場所の明示と討伐依頼拒否の権利剥奪の二つがある。

　存在場所の明示は冒険者ギルドへと登録し、街を移動した場合は必ずギルドへと報告をすること、という程度であるので普通の冒険者とさして変わりはない。普通の冒険者が任意であるのに対し、強制であるという違いはあるが、簡単に言ってしまえば必ず連絡がとれる状態にいつもしておけ、ということである。

問題はもう一つの方、討伐依頼拒否の権利剝奪だった。

冒険者は自らの意思で依頼を選ぶことができる。自分の実力と報酬を勘案(かんあん)し、好きな仕事を選択できるのだ。むろん緊急時などは気が進まない依頼を受けざるを得ない場合もあるが、基本的には自由な職業。それが冒険者だった。賭(か)けるのは自らの命なのだから当然といえるのかもしれないが。

しかし勇者の卵の場合は事情が違う。勇者の卵はギルドからのモンスター討伐依頼を拒否することができないのだ。むろんギルドもその実力を明らかに超えた依頼をすることなどほとんどない。しかし基本的にギルドが依頼するということは、その依頼を受ける冒険者がいない、なにがしかの理由があるのだ。

その中には危険がつきまとう特殊な事情が含まれているものが少なくなかった。そんな依頼を受ければ当然、その結果は……そこまで考えてアレンはギリッと歯を嚙み締める。

「これはまだ依頼にはなっていないぞ」

「かもしれません。でも脅威になるのは間違いないですから」

アレンはさらに言葉を続けようとして、決意を秘めたイセリアの瞳に小さく息を吐く。これはもうテコでも動かせそうにない、そのことがわかってしまったのだ。

アレンは軽く頭をかき、イセリアへと手を差し出した。そしてその手をキョトンとした目で見つめるイセリアに言った。

「倒すのは俺がやる。イセリアは見るだけ、それがついてくる条件だ」

「はい。でもネラ様がピンチの時は助けに入りますから」

「いや、それは逃げて……まぁ、いいや」

これ以上言っても堂々巡りになるだけだとアレンはあっさりと諦める。そしてアレンの手を握り返しながら機嫌よさそうに笑うイセリアを連れ、ハンギングツリーと遭遇した場所へと走り始めた。

下手に時間をかけてハンギングツリーが遠くに行ってしまっても困るためそれなりの速度で走っているアレンであったが、イセリアは文句も言わずそれについてきていた。その様子にやっぱそれなりにステータスは高そうだよなぁ、とアレンは考える。なにせ以前のアレンであればついてくるのがやっととというくらいの速度を出しているのだから。

昔のアレン以上、つまり中堅以上の実力を持っているということは誇るべきことだ。中堅を超えられる冒険者の数は決して多くない。つまり冒険者の中でも上位の実力者なのだ。しかしそう考えると、アレンには一つ、イセリアの発言でわからないことがあった。それは……

「なあ、イセリア」

「はい」

「なぜ、お前は自分を駄目駄目なんて言うんだ。その若さでその強さに至れたのは誇るべきことだと俺は思うぞ」

「……」

率直に聞いてみたアレンだったが、気まずい沈黙が訪れたことに内心やっちまった、とすぐに後悔した。人それぞれに事情があることなど、多くの事情を抱えているアレンには十分すぎるほどわかっているはずなのに。

そのことに気づいたアレンが取り繕うように言葉を続ける。

「いや、事情があるなら話さなくても良いからな」

「大丈夫です。踏ん切りはとっくの昔についていますから。私の強さはこれが最大で、これ以上は強くなれないというだけです」

「いやイセリアってまだ二十歳くらいだろ。それならもっと上が……」

「私の上限レベルは九百九十九。そして私の現在のレベルは九百九十九なんです」

「はぁ!?」

その言葉に思わずアレンが足を止める。その上限レベルが聞いたこともないほど高いというのも驚きだったのだが、それ以上にイセリアのレベルが九百九十九であることが信じられなかったのだ。

アレンの見立てではイセリアのステータスは百程度だ。実力を見誤ったかという考えがふと浮かんだが、即座にそれを否定した。本当にレベル九百九十九に相応しい強さであるならばハンギングツリーに殺されかけることなどありえないはずなのだから。

「それにしちゃあ強さが……」

そこまで言ってアレンは気づく。ある一つの可能性に。

「レベルアップの罠か」

その呟きのような言葉に、イセリアは首を縦に振った。

「そのとおりです」

「でも、なんでそんなことに。レベルの上がりにくくなる高レベルになってからならレベルアップの罠を使うのも理解できるが、これじゃあまるで……」

強くなってほしくないみたいだ、そんな言葉を続けようとしたアレンの口元をイセリアが人差し指でふさぐ。

そして目を見張るアレンに向けて、哀愁（あいしゅう）の含まれた笑みを浮かべながら首を横に振った。

「それ以上は内緒（ないしょ）です」

「いや、内緒って」

「底なし沼に突っ込む気がネラ様にあるのなら止めませんけれど？」

ぱっ、と手を離し、無理矢理いたずらっ子のように笑みを浮かべてそう言ったイセリアに、アレンが両手を上げて降参(こうさん)の意を示す。これ以上は踏み込んではいけない領域、それをはっきりと示してくれたイセリアの思いをむげにするわけにはいかないからだ。

二人はしばらく見つめあい、そしてお互いに小さく苦笑すると再び走り始めた。

しばらくして二人は元の場所へとたどり着く。戦いの跡がはっきりと残るそこには、幹に穴を開けられながらもそびえ立つハンギングツリーの姿があった。

「動かなかったみたいだな。捜す手間が省(はぶ)けてラッキーだ」

「はいっ」

チラリとアレンはイセリアを見る。その顔は青く、そして体は細かく震えていた。一度殺されかけた相手なのだ。トラウマになっても不思議ではない。

しかしその瞳はじっとハンギングツリーを捉えていた。もしこの場にアレンがいなければイセリアは単独で再び戦いを挑んだだろう、そんな意思がその瞳からありありと感じられた。

震えながらも立ち向かうイセリアの姿は、アレンにはとても眩(まぶ)しく映った。

(勇者として、か)

イセリアの言葉をアレンは思い出す。強さは別にしても、その心意気は少なくとも勇者として相応(ふさわ)しい。そんなことを考えながらアレンは小さく微笑み、そして前へ足を進めた。

「俺の戦い。見守ってくれよ、勇者様」

「はい、ご武運を」

短く言葉を交わし、そしてアレンがその姿をあらわにする。ハンギングツリーに動きはない。それが余裕によるものなのか、一度攻撃をくらったために警戒しているのかアレンには判断がつかなかった。

しかし先ほど戦った経験から負けるとは微塵も考えていなかった。攻撃が通用する、その証拠の穴が目の前に開いているのだから。

「さて、戦いを再開しようか？」

そう言ってアレンはくるりとステッキを回してから構え、ピリッとした空気の中、アレンとハンギングツリーの第二ラウンドが始まる。

敵を目の前にしているのにもかかわらず全く身動きをしないハンギングツリーの様子に、アレンはステッキを構えたまま動くのを躊躇していた。

（なぜ動かない？　奥の手でもあるのか、それとも……ちっ、情報が足らねえな）

先ほど戦った手ごたえからして、ハンギングツリーの強さは鬼人のダンジョンのボスであるオーガキングには及ばないとアレンは予想していた。しかしアレンは油断せずにじっくりと観察を続ける。なぜならハンギングツリーに関する情報をアレンはほとんど持っていないからだ。

アレンはこれまでハンギングツリーと戦ったことがない。ギルドでモンスターの情報を仕入れたりすることもあるが、それはあくまでアレンが行く階層や仕事で訪れる場所の周辺にいるモンスターについてだ。その中にハンギングツリーは含まれていなかった。

幼いアレンを雇ってくれた、勇者の卵がリーダーの冒険者パーティの武勇伝の一つとして聞いた程度の情報しかないため、目の前のモンスターが本当にハンギングツリーであるかどうかも実は確証がないのだ。

(下手に近づいて広範囲攻撃の奥の手なんか使われたらイセリアにも被害が及ぶかもしれねえし)

そんなことを考え、じりじりと時計回りにアレンは移動していく。視界から外れれば多少の反応があるかもという期待もあったのだが、ハンギングツリーは泰然としたまま動こうとはしなかった。

(くっ、ここで時間をかけても相手の有利になるだけか。よし!)

そう覚悟を決めてアレンが自身の足に力を入れた、丁度そんな時だった。

「あの、ネラ様。ハンギングツリー、もう死んでいませんか?」

隠れていた木の陰からひょっこりと顔を出しながら聞いてきたイセリアの言葉にタイミングを外され、アレンがたたらを踏む。その瞬間、アレンはハンギングツリーから目を離してしまった。モンスターの前でそんなヘマをするなど、冒険者にとって致命的といえる。

アレンは慌てて体勢を立て直し、そして顔を出したイセリアに向けて攻撃が来る可能性を瞬時に考え、イセリアの目の前へと滑り込んだ。イセリアを守る、そのことだけを考えて行動したアレンは、自身に向かうであろう攻撃に対して完全に無防備だった。

そんな絶好のチャンスにハンギングツリーは……全く動かなかった。しばし、その体勢で固まったまま沈黙の時間が流れる。

「……えっ、マジで死んでる？」

「おそらく、ですけれど」

木の陰から出て近づいていこうとするイセリアを押し留め、アレンが慎重にハンギングツリーへと近づいていく。

十メートル、五メートル、四、三、二……

いつ攻撃を仕掛けられても即座に対応できるようにと気を張っていたアレンだったが、何も起こらないままその距離はついに0になり、その手がハンギングツリーの幹に開いた大穴へと触れた。

ハンギングツリーはそれでも動かない。アレンがゆっくりとその太い幹の周りをめぐると、背後にあった数本の木がハンギングツリーを支えるようにして立っていた。その支えの木と反対方向へアレンがハンギングツリーを押す。するとハンギングツリーは大きな音を立てながらあっけなくその巨大な体を地面へと横たえた。

「弱っ、さっきの一撃で死んでたのかよ。はぁー、警戒したのが馬鹿みたいだ」

先ほどまでの自分の行動を顧（かえり）みてアレンが苦笑する。なにせ死んでいるハンギングツリーを前に、勝手に警戒し、じりじりと戦う位置を変えたり、失態に慌ててイセリアをかばうために一撃をくらうことまで覚悟していたのだ。

現在の見た目と同じで、道化でしかない。それがアレンの苦笑を誘っていた。

アレンは肩の力を抜き、そして命令を守ってその場にとどまり続けていたイセリアを手招きする。おっかなびっくりといった様子で近づいてくるイセリアを安心させるように、アレンは倒れたハンギングツリーをコンコンと叩いた。

「死んでるよ。それで、どうする。こいつの素材は山分けで良いか？」

「私はただやられただけで戦っていませんから、ネラ様が全てお納めください」

「悲鳴を聞かなかったら俺だってこいつのことなんて知らなかったんだし、そういう意味ではイセリアも報酬を受け取る権利はあると思うぞ。ハンギングツリーの素材なんてこの街では見たことがないから、多少でももらっておけばそれなりの値段になるだろうし」

そう提案したアレンに、イセリアは静かに首を横に振ってそれを拒否した。

「お金には困っていないのです。おじい様から使い切れないほど持たされていますし」

そう言って自分の腰にくくりつけられたぺらぺらの袋をイセリアが大事そうに撫でる。その仕草にアレンはそれがマジックバッグであることを察した。外見上はただの袋にしか見えないが、その自然さが逆にそのマジックバッグの希少性を示していた。

はぁー、さすが金持ちは違うなとそんな感想を抱いたアレンに一つの疑問が湧き上がる。金は十分にあり、そしてどんなに戦ったとしても上限まで上がりきったレベルが変わることなどない。それなのに……

「なぜイセリアは戦っているんだ？」

「冒険者だからです」

「いや、金はあるんだろ。それにいくらモンスターを倒してもレベルは上がらない。それならわざわざ危険な冒険者稼業をしなくても、別の生き方で良いだろ。ギルドも普段冒険者として働いていない奴に無理矢理依頼を押しつけることなんて、まずしないだろうし。おじい様がお前に金を持たせたのだってそういう意図だったんじゃねえのか？」

イセリアの格好はどう見ても一級品だし、それを自然に着こなすイセリア自身の金銭感覚は自分よりはるかに鷹揚だろうとアレンは考えた。そんなイセリアをして使いきれないほどと言わしめるのだから、そのマジックバッグの中にはアレンの想像もつかない金額が入っているのは確実だ。

ただ冒険者稼業をするのであればそんなものは必要ない。冒険者をする上で一番金のかかるのは装備なのだが、それでさえ餞別に贈られた装備で十分すぎるほど十分なのだ。

つまりそんなに大量の金は必要ないのだ。そう考えるとおじい様なる人物がイセリアに危険な目にあってほしくなくて、あえて別の道へと誘導しようとしているようにアレンには思えた。

そんな気持ちを込めて見つめていると、イセリアは複雑そうな顔をしながら首を縦に振った。

「かもしれません」

「でも私は勇者の卵なのです。人々の平和を守るため立ち上がり、遂には魔王を倒したアーティガルトと同じ勇者なのです」

「なら……」

迷いを振り払うように、声高らかにイセリアは宣言した。その真っ直ぐで濁りのない瞳がアレンにはとても眩しく、そして同時に憧憬を覚えさせるほどの強烈な感情を呼び起こさせた。

イセリアの言ったアーティガルトは、おとぎ話に登場する勇者の名前だ。自分一人を残して住んでいた村を滅ぼされるという悲惨な状況から立ち上がり、仲間と出会い、共に成長し、ついには諸悪の根源であった魔王を打ち倒す、そんな物語の。

アレン自身、何度も聞いたことがあるし、弟妹たちにせがまれ幾度も話して聞かせた。

そのアーティガルトの冒険を、勇気を、優しさを。

物語を思い出しながら、アレンはイセリアを見つめる。性別も違うし、魔王を倒すほどに強くなったアーティガルトとは比較にならないほどイセリアは弱い。しかしその心根の部分だけは似ているとアレンは感じた。

そして同時に思ったのだ。イセリアの今の状況は以前の自分とよく似ていると。

守りたいのに守れない。強くなりたくても、これ以上レベルは上がらない。それでも人を助けたいとあがく姿に、アレンは胸が締めつけられるような苦しさを感じた。

そんなアレンの気持ちを察したのか、イセリアがおどけるように殊更明るく振る舞いながら口を開く。

「まあアーティガルトと違って剣よりも魔法の方が得意なのですけれどね。おじい様からいただいた魔法書の半分程度しか使えませんけれど」

アレンのために浮かべた笑顔の中に一瞬だけ、隠しきれない悔しさを混じらせ、しかしそれさえすぐにイセリアは覆い隠してしまう。だが、その微妙な変化にアレンが気づかないわけがなかった。本音を隠して恥ずかしそうに笑うその姿に、アレンが大きく息を吐いて決断する。

（どんな事情があるのかわからねえが、イセリアは少なくともこんな顔をすべき奴じゃねえ。というかこんな純粋な奴にこんな仕打ちをするなんて、ふざけんなよ）

胸の内に湧き上がる理不尽に対する怒りを隠したまま、アレンはイセリアへと近づきその右手を差し出した。

「なあイセリア。俺と取引しないか？」

唐突な申し出にきょとんとするイセリアを見て、アレンは歯を見せて笑い、ある提案をしたのだった。

【第五章】生まれ変わり

「ふふっ、ついに完成だな。いやー、細部にこだわっちまったせいでもっと時間がかかるかもとか思ってたが、地下室を作るのが大幅に短縮できたおかげで予想より早く終わっちまったな」

満足げに部屋を見回しながらアレンが独り言を呟く。つい先日までの隙間風が吹き込むほどボロかった部屋は、その様子を一変させていた。

若干傾いていたせいでいつも片隅にゴミのたまっていた床には、均等にそして水平に並んだ床板が敷き詰められている。雨漏りはしょっちゅうで、隙間風の入っていた壁や天井は一新されただけではなく、木目を生かした、落ち着く空間になっていた。

飛び込もうものなら壊れてしまうのではないかというほどミシミシと音を立てていたベッドを始め、使っていた家具の多くも新品の頑丈そうなものに変わっている。

外見は大雑把な補修をしただけなので、まるで新築のような内部の様子を知っている者はアレンしかいない。まあそうなるようにアレンが構想を練って建築計画を立てたのだから当たり前だが。

とは言え、全てが全て新しくなったわけではない。いくつもの傷が刻まれた柱など以前の姿を思い起こされる物が部屋の中には多く残されていた。

　それはかけがえのない大切な思い出のかけら。弟や妹がここに住んでいたことを示すそれらをアレンはわざと残したのだ。時間がかかったのはその選別をするのにアレンが迷いに迷ったせいだとも言える。

　歩いても凹んだりしない床をアレンは進み、そして部屋の隅、一見すると何もないように見える床板に力をかける。するとその床板はカコッという音を立てて斜めに沈み込み、そしてその反対に盛り上がった床板をアレンが引っ張ってスライドさせた。

「おぉー、なんと言うか何度見ても良いもんだな」

　現れたのは床下に隠されている地下へと続く階段だ。型取りして造ったのではないかと目を疑うほどにでこぼこのない均一な高さの階段を、ランプを持ったアレンが楽しそうに降りていく。少し黒光りする木材で補強された、横幅一メートル程度の狭い階段をしばらく進み、アレンは開けた空間へとたどり着いた。

　そこは高さ三メートル、縦横五メートル四方ほどの空間だ。その部屋の中央には壁と同じ黒光りする木材で作製された机と椅子が設置されている。

　アレンはランプを壁際のフックに引っ掛けると、椅子へどかりと腰を下ろして部屋を見回した。

壁際に設置された棚（たな）には、ネラの変装衣装一式やオーガキングの討伐報酬（とうばつほうしゅう）などが無造作（むぞうさ）に置かれており、それと並んでボロボロのおもちゃや、同じくボロボロの本などが大切そうに並べられていた。

「ふぅ、流石（さすが）に地下は暗い……あぁ、そういえばうってつけの魔法があったな。ライトサークル」

アレンがそう唱（とな）えると円形の光の輪（わ）が天井に現れ、そして真昼のような光を放ち始める。先ほどまでの薄明かりに照らされた地下室は確かに明るくなったのだが……

「眩（まぶ）しすぎだな。とりあえず今のは破棄（はき）してっと。ライトサークル」

浮かんでいた円形の光が消え、そして今度は柔らかな光の輪が現れる。その出来に満足そうにうなずき、席を立ったアレンが壁際の棚から分厚い一冊の本を取り出す。一目で金がかかっているとわかる重厚な表紙に手を滑らせ、そこに刻まれた言葉を読む。

魔法大全、と書かれたその文字を。

「うん、大層な名前だと思ったがこれマジでヤバイ内容だよな。普通なら禁書扱いなんじゃねえか？」

そんなことを言いながらぺらぺらとアレンがその魔法大全をめくっていく。一度読んだだけで内容を全て記憶してしまったアレンだったが、これほどの魔法書を読む機会などもうないだろうと考えると、なんとなくもったいなくて何度も読み返していた。

魔法書が一般に出回ることはまずない。アレンも含めて冒険者の中には魔法を覚えている者は少なくないのだが、それは基本的に先達（せんだつ）などから直接教えてもらって覚えたものであり、その先達も同じように教えてもらったものということがほとんどなのだ。そういった経緯（いきさつ）もあり、普通の冒険者が扱える魔法のレベルは似たり寄ったりで程度が低いのが一般的だ。

中級以上の魔法が使える者は魔法研究を行う学園の卒業生であったり、まれに貴族の生まれだが何かしらの理由で冒険者になったというような特異な経歴の者しかいなかった。当然その数は少なく、切り札ともなりうる威力（いりょく）の魔法を覚えている者は引っ張りだこであり、中級以上の魔法が使えれば冒険者として生活するのに困ることはないと言われるほどだった。

しかしこの魔法大全には中級どころか上級、本来であれば戦争時などに集団で使われる戦術級魔法まで記載されていたのだ。その上、通常知られている、『火』、『水』、『風』、『地』という基礎魔法以外の『光』や『闇（やみ）』といった特殊な魔法も記載されていた。先ほどアレンが使ったライトサークルもその光魔法である。

ついでに言えばこの地下室の作成があり得ないほどの速さで終わったのも、魔法大全に書かれていた地属性魔法のおかげだった。

特に新しい発見もなく魔法大全をあり得ないほどの速さで読み終えたアレンがぐぐっと背伸びをする。そしてこの目の前の本をイセリアへと託（たく）したというおじい様って、かなりヤバイ奴（やつ）なんじゃないかと考え、ぶるっと身震いした。

イセリアと行った取引において、アレンは魔法書を貸してもらうことを対価にした。一流の魔法使いが扱う、その精密で、時に圧倒的な魔法を使ってみたいという願望がアレンにあったからだ。

とは言えイセリアからちょうど魔法書の話が出たため、それに乗っかっただけというのが本当の理由だったのだが、その結果アレンはとんでもないものを借りる権利を得てしまったのだ。

魔法書の理論などを一読で理解してしまったアレンは、この魔法大全に書かれた魔法を全て扱うことができるようになってしまった。凄腕(すごうで)の魔法使いたちが集団で扱う戦術級魔法までも単独で行使可能なのだ。

はっきり言って歩く危険物である。まあステータスが全て五千を超えている段階でそうなのかもしれないが。

「魔法は覚えたけど、実戦の中で有効的に使えないと意味がないんだよな。まっ、これからしばらくダンジョンに潜ることになるし、そこで慣れるしかねえか」

魔法を覚えて使えるようになったが、まだ実戦において使ったことのないアレンはそんなふうに気楽に考えて背もたれへと体重を預けた。

以前の椅子では折れてしまわないか心配でそんなことはできなかったのだが、ハンギングツリーの素材を使用して作った椅子がその程度ではびくともしないことは製作者であるアレン自身が誰よりもよく知っていた。

しばらく秘密の地下室の雰囲気を楽しんでいたアレンだったが、お腹が減ってきたため地下から出て昼食を食べ、そして少しだけ仮眠を取ってからマジックバッグに色々と詰めて家を出た。

今日は夜のギルドの仕事がある日なのだ。いつもどおりの装備を身につけてアレンは冒険者ギルドへと顔を出す。

「アレン」

「おう、マチルダ。そっちは少し落ち着いたか？」

声をかけてきたマチルダに、気さくにアレンが言葉を返す。

最近は勤務時間が微妙にすれ違っていたために、こうして会ってちゃんと話すのも教会の修繕の依頼をアレンが受けたとき以来だった。

一時期はレベルアップの罠の使用に関する調整やごたごたなどによって目に隈ができていたマチルダだが、今は多少の疲れは見えるものの相応の美しさが戻ってきている。

マチルダが苦笑し、そしてアレンを手招きした。何か用事か、と思いながらアレンが近づいていくとマチルダは窓口から離れ、ギルドの奥の職員しか使わない通路へと向かい、そしてその後をアレンが何も聞かずについていった。そしてギルド職員でもほぼ誰も来ない最奥の物置部屋へと二人は入る。

その時点でアレンはなにか厄介ごとだろうなと予想していた。そうでなければこんな場所に来る必要などないのだから。

「で、どんな厄介ごとだ？　この後仕事だからそこまで長い時間はとれないぞ」

「厄介ごとって……ある意味厄介ごとではあるんだけど、アレンが巻き込まれないように情報提供ってところね」

「そのくらいなら別にここまで……ってもしかしてその情報を知ること自体がヤバイやつって意味だよな」

　こくりとうなずいたマチルダに、アレンが大げさに肩を落とす。本音を言えばそんな情報など聞きたくないアレンだったが、信頼するマチルダがそう判断したのであれば聞いた方が良いのは確実だと考え、視線を上げた。

　マチルダが神妙な顔をし、その顔をアレンへと近づける。なんと言うかキスするみたいだなと現実逃避気味に考え、そして自分の考えに赤面するアレンにマチルダが囁いた。

「イセリアっていう最近この街に来た冒険者、知ってる？」

「……直接の面識はないが耳にしたことはあるな」

「微妙な沈黙が気になるわね」

　じろりと見つめられ、内心動揺しながらもアレンは首を横に振る。ネラではなくアレンとしては、イセリアと面識はないので確かに嘘じゃないよな、となぜか心の中で弁明しながら。

　そんなアレンの気持ちが伝わったのか、マチルダが表情を真剣なものに戻した。

「冒険者とは思えないほど可愛い娘なんだけど、絶対に関わっては駄目よ」

「えっ？」

驚き、短く聞き返したアレンに、マチルダが表情を変えないまま告げた。

「その娘、たぶん国の上層部から目をつけられてるわ」


いつもどおりにスライムダンジョンのレベルアップの罠がある場所へと、アレンは罠の予約者たちを連れていった。

最初は何もないただのダンジョンの一角だったその場所には、待ち時間が多少でも快適に、そして安全に過ごせるようにと簡易的な小屋が建てられている。そしてその小屋の近くには娯楽品や食料、そして酒まで販売する露店が一軒だけだが出ていた。

露天商がやってきた最初の頃はこんな人数も限られた場所に出して本当に商売になるのか？と疑問だったアレンだが、その考えが間違っているのを証明するかのように今日も露天商の男が小屋へと入っていく予約者たちに声をかけている。

確かに予約者を連れてきた後のスライム潰しの仕事をしている最中にそばを通りかかり、露店で何かを購入する予約者の姿をアレンはしばしば見ていた。

はっきり言って待ち時間は暇でしかないのでそれも当然か、と最近はアレンも考えるようになったのだが、そんな予測を最初からし、商売に繋げるなんてやっぱ商人って俺たちとは根本的に考え方が違うんだなと露天商を見直していた。

罠の監視役のギルド職員に予約者たちを引き継ぎ、アレンはスライム潰しを開始する。基本的にダンジョン内を歩き回り、スライムを見つけたらただ踏み潰すだけの簡単な仕事だ。

アレンにとってノルマであるスライムの魔石二百個など本気になれば簡単に集まる数であるし、レベルアップの際に集めた魔石を使えば数日サボったところで問題はないのだが、アレンは真面目にスライムを踏み潰していた。

心の中でマチルダの言葉を反芻しながら。

(国の上層部に目をつけられている、ね)

ネラとしてイセリアに聞いた「底なし沼」という言葉がアレンの頭をよぎる。もしマチルダの予想が正しいのであれば、確かに底なし沼だな、とアレンは苦笑した。

ただの平民で、並の冒険者だったアレンにとって、国の上層部、王侯貴族は雲の上の存在だ。貴族というくくりで見れば弟のエリックの件で多少知っていると言えなくもないが、エリックの妻であるジュリアは男爵家の令嬢だ。

男爵は貴族の中で下から三番目、国の上層部などとは全く言えない末端の貴族である。

(男爵家ですら俺の理解の範疇外なんだぞ。勘弁してくれ)

エリックのごたごたが起こった当時、なんとか助力できないかと色々と手を尽くしたアレンだったが、その結果わかったのは貴族という生き物は平民とは全く違う考え方をしているんだということだった。その行動がアレンには完全に理解不能だったのだ。

誰に向けられているわけでもないそんなクレームを思い浮かべながら、アレンはスライムを踏み潰し、せっせと魔石を拾い集める。

マチルダにその話を聞いてからアレンは二つの予測を立てていた。

可能性が高いのは、イセリアを無理矢理レベル九百九十九にした奴らが国の上層部であり、今もなおイセリアに目をつけているというものだ。この場合、イセリアと関われば悪い方向へと向かってしまうだろうことはアレンにも簡単に予想がついた。その悪い方向がどの程度なのかは皆目見当がつかなかったが、イセリアの今の状況に鑑みればろくな目にあわないだろうと。

もう一つの可能性、アレンとしてはこちらの方が望ましいと思っているのだが、イセリアのおじい様が彼女の冒険者としての活動を邪魔するように手を回しているというものだ。

イセリアへの贈り物から考えれば相当な人物であることは間違いないため、可能性は0ではないとアレンは考えていた。

（とは言え、もうがっつり関わっちまったんだよな。ネラとしてってのが、救いと言えば救いなんだが）

スライムを踏み潰しながらダンジョンを進み、そして最奥のボス部屋へと続く通路から一本それた道へとアレンが自然に入っていく。何もない突き当りまでたどり着くと、アレンは背負っていたリュックからマジックバッグを取り出し、その中に入っていたクラウンの衣装に着替えた。

「まあ、仕方ねえな。取引を持ちかけたのは俺だし、魔法書を借りられたおかげで新しい魔法も使えるようになったんだから、こっちも対価はしっかりと払わねえと」

自分自身に言い聞かせるようにそんなことを呟き、そしてアレンはネラの姿で来た道を戻っていった。そしてボス部屋へと続く道を再び歩き始め、しばらくしてダンジョンの最奥、ボス部屋にたどり着く。

そこにはスライムダンジョンのボスであるヒュージスライムの姿はなかった。もちろんアレンの目的はそちらではないので特に反応もせず、そのまま巧妙(こうみょう)に隠された隠し扉へと向かいそれを開けると、そのまま奥に向かって歩いていく。

「あっ、ネラ様でしたか」

人の気配を察したのか、剣を構えて待ち受けていたイセリアがアレンの姿を認め、ふう、と安堵(あんど)の息を吐く。そして手に持っていた剣を丁寧(ていねい)に鞘(さや)へおさめ、床に置いた。

「頑張ってるか?」

「はい。とは言っても基本的には待っているだけなのですけれど」

「待ってる時間が辛(つら)いだろ。することもないし」

アレンの言葉に、イセリアが苦笑を返す。それは言外に大当たりと言っているようなものだった。

「あっ、そろそろ時間ですね」

そんなことを言いながらイセリアが慣れた様子で部屋の中央へと歩いていくと、そこにあったレベルダウンの罠が発動し魔法陣が現れる。アレンには何も聞こえてはこないが、イセリアの頭の中ではレベルがダウンした証拠である音が鳴っていた。

イセリアにとっては福音に聞こえるその音が。

アレンが提案した取引は、今のイセリアの姿を見ればわかるとおりレベルダウンの罠を使用して強制的に上げられてしまったレベルを一に戻すというものだった。イセリアの願いを叶えるためには最大まで上がってしまったレベルというのは邪魔でしかないからだ。

「順調そうだな。今は何レベルくらいなんだ」

「えっとさっきので……三十レベルになりましたね」

「はっ、三十？　まだ三日目だぞ」

アレンがマスクの下で目を見開く。アレンがイセリアと取引をし、レベルダウンの罠があるこの隠し部屋を教えたのが三日前。その時点のレベルが九百九十九であったことは間違いない。

そこから考えると一日あたり三百レベル以上落としていることになるのだ。毎回欠かさずレベルダウンの罠を発動させたとしても、再設置までのクールタイムが三分あるため最低十五時間、微妙なラグの積み重ねなどを考えるともっと多くの時間を費やさなければそれは達成できない数値だった。

「門の閉鎖する時間もあるのにどうやって……」

そこまで言ったところで部屋の片隅に敷かれた毛布などを発見したアレンは理解した。イセリアはこの三日間一度も街に帰らず、ずっとここに泊まり込んでいたのだと。

アレンの視線で何を見ているのか察したのか、イセリアの顔が赤く染まる。特に乱れているというわけでもないし、冒険者であれば当たり前の光景とも言えるのだが、イセリアにとって自分の寝ている場所を見られるという経験はあまりなく、なんとなく気恥ずかしかったのだ。

「ええっと、あまり見ないでください」

「おっ、おお。悪い」

視線を逸らしながらそんなことを言われ、ぐりんと音が鳴りそうな勢いでアレンは顔を背けた。いけないことをしてしまったような気持ちになり、ドキドキと心臓が脈打つのを感じながらアレンは話題を逸らすべく口を開いた。

「じゃあ今日中に第一段階は終わりそうだな」

「はい。とは言え流石に少し疲れたので明日は宿でゆっくりしたいと思います。夜の見回りのギルド職員の方がいらっしゃいますので、今日はここに泊まるしかないですし」

「そうか。お疲れ様。じゃあ俺は行く。明後日会おう」

そう言ってアレンは背を向けて歩き出した。

「ありがとうございました」

背中越しに聞こえたそんな言葉に振り返らずに片手を上げて応え、少しだけその表情をやわらかくしながら。

ネラとしてスライムダンジョンの隠し部屋でイセリアに会った二日後、深夜の仕事から帰って一睡もせずにアレンはすぐに街の外へと出て急いで西に向かっていた。

今日はイセリアとの約束の日だ。待ち合わせ時間はおおよそでしか決めていないのだが、先日に見たイセリアのやる気からして、ライラックの街の門が開いたらすぐに出るだろうとアレンは予想していた。それゆえ足を速めたのだ。

かなりの速度で走ったアレンはほどなくして鬼人のダンジョンの入り口へとたどり着く。ネラとして鬼人のダンジョンに来るのは久しぶりだった。そのため入場料を払う時に、少しは慣れてきていたはずのギルドの職員に再び脅えられ、そのことに少しだけショックを受けつつアレンは鬼人のダンジョンへと入っていった。

二階層へと続く階段とは反対方向、めったに人が行かない通路をアレンは進んでいく。そしてその中でも行き止まりになっており、モンスターの発生場所でもない、冒険者にとっては何の価値もない場所にアレンは到着した。

「あっ、ネラ様」

「悪いな、遅れちまって。結構待たせちまったか？」

「いえ、約束の時間は決めていませんでしたし、私も先ほど来たばかりです」

嬉しそうに出迎えたイセリアに、アレンが謝罪する。準備万端で待機していたことから考えてもつい先ほどというのは明らかに嘘なのだが、アレンはあえてそこに触れるようなことはしなかった。

（なんと言うか噂に聞くデートみたいなやり取りだな。まあ男女が逆だし、ただの取引の結果なんだが）

少し浮つきそうな気持ちを、そんなことを考えてアレンは自制する。実際、満面の笑みで迎えてくれたイセリアの姿は、普通に見れば恋人との待ち合わせのソレであり、大多数の男であれば確実に自分のことが好きなんじゃないだろうかと考えてしまうようなものだった。

とは言え、現在のクラウンの格好とここがダンジョンであるということもあり、アレンはなんとか冷静に受け流すことに成功する。

「じゃ、行くか」

「はい。でも本当にいいのですか？」

「取引だろ。あんな良い本を貸してもらったんだ。このくらいお安いご用ってやつだ」

アレンが自らのマジックバッグから取り出したハンギングツリー製の背負いかごを組み立てて地面に置くと、その中にしずしずとした仕草でイセリアが乗り込んでいく。そしてそれをひょいっとアレンが担いだ。

「あ、あの重くないですか。装備も着けたままですし、いっそマジックバッグに入った方がネラ様の負担にはならないかなと思うのですが」

「いや、別に重くないから大丈夫だぞ。それにダンジョンの中は何が起こるかわからねえしな。いざという時の備えを疎かにした奴ほどすぐ死んでいく、これだけはしっかり覚えておけよ」

「……はい」

背負いかごを担ぐアレンには、そういう意味じゃないんだけど、と内心思いながら赤面するイセリアの姿は全く見えていなかった。

背負いかごにイセリアを乗せ、アレンは鬼人のダンジョンを疾走する。時々、他の冒険者とすれ違ったりもしたが、背負いかごの中に完全に姿を隠しているためイセリアがいることに気づく者はいない。

そしてアレンはついに鬼人のダンジョンの難関フロアである二十五階層へとたどり着く。それはダンジョンに入ってからわずか三時間後のことだった。

「よし、着いたぞ」

二十五階層をしばらく進み、そして人目につきにくい通路へと入ってからアレンが背負いかごを地面に置く。そして中のイセリアへと目をやると、イセリアはこわばり歯を食いしばった苦しそうな表情のまま気を失っていた。

一瞬、なぜ？　と考え、そしてすぐにアレンは気づいた。それが自分のせいだと。

アレンとしてはもちろんイセリアの負担にならないように気を遣って、急な加速や減速は行わなかったし、かなり余力を残して走ったつもりだった。しかしそれはあくまでアレン基準のものである。

二十五階層まで三時間でたどり着くなど普通はありえない。一般的な冒険者であれば体感したことのない速度であるのは当然だ。しかも視界はほとんどなく、動きの予想もつかないかごの中でそれを実体験したイセリアの恐怖は相当なものだったのだ。

「そう考えると、よく悲鳴をあげなかったよな」

おそらく自分を気遣って悲鳴を我慢してくれたんだろうと察しのついたアレンは、イセリアを見ながらやわらかく微笑む。しかし本来の目的を考えるとゆっくりしている時間はないため、もう少し休ませてやりたいという気持ちに蓋をしてアレンはイセリアを起こしにかかった。

「ここが二十五階層ですか？」

「ああ。普通の冒険者たちはまず入ってこない階層だ。リスクの割に報酬がうまくないしな」

異様な広さの通路におっかなびっくりになっているイセリアを連れてアレンが歩いていく。

これまで数度、鬼人のダンジョンを単独攻略したアレンであったが二十五階層以降で他の冒険者に会ったことはなかった。

二十五階層以降に出てくるモンスターであるサイクロプスやグレートオーガが単純に強いということもあったが、それに加えて階層の様子が一変したことからもわかるようにその図体がかなり大きいということも一因だった。

その大きさゆえ素材を採取するために解体する手間は増えるし、さらにそれを持って帰らなければならない。そしてその素材の値段も人型のモンスターから採取したものということで嫌がる層もいるため需要もそこまで高くなかった。

そんな話をしながらしばらく二人が歩いていると地響きが聞こえ始め、ほどなく巨大な棍棒を手に携えたサイクロプスが姿を現した。その巨体もさることながら、一つ目を細め、まるで餌を前にした肉食獣のように歯を見せながら醜悪な笑みを浮かべるその姿にイセリアが息をのむ。

レベルダウン前のイセリアのステータスでも届かない存在。その圧によってイセリアの体が自らの意思とは関係なくがたがたと震えだす。

「ネ、ネラ様。危険です」

「そうだな。今のイセリアだとちょっとした余波で死にかねないから、端っこのほうでしばらく待っていてくれ」

「ネラ様！」

止めようと声をかけたイセリアへ後ろ手で軽く手を振り、アレンは全く気負いのない様子でサイクロプスの方へと進んでいく。

サイクロプスがたった一人で自分に挑んできた愚かな冒険者に悪意を向けようと筋肉に力を

入れたその瞬間だった。

「アースバインド」

手を伸ばし、そう唱えたアレンの意思を体現するかのように地面から土が盛り上がり、まるで蔦(つた)が木に絡(から)まっていくようにサイクロプスの全身を拘束(こうそく)していく。必死の形相(ぎょうそう)で前に進もうとするサイクロプスだったが、一歩すら踏み出せず、それどころか受身さえとれずにただ地面へと倒れた。

そのまま身動きできず、土によって拘束されたサイクロプスにアレンが近づいていく。サイクロプスはその巨大な目をギョロリとアレンに向けて敵意をあらわにするが、わずかにも動くことはできなかった。

その様子にアレンは満足し、そして通路の隅で待機していたイセリアを手招きする。

「よし、イセリア。こいつの弱点はこの巨大な目だ」

「は、はあ」

あまりの事態に思考が追いついていないイセリアに、アレンがさっさと攻撃しろと促(うなが)す。混乱のさなかではあったものの、恩義のあるネラの言うことを聞いていれば間違いないという考えのもと、イセリアは自らの剣をその眼球へと突き刺した。

「くっ、固い」

「そりゃそうだ。イセリアよりはるかに高レベルのモンスターだからな。別に一回じゃなくて良い。倒せるまでやるんだ」

「はい！」

イセリアがアレンの指示に従い、何度もサイクロプスの眼球へと攻撃を加えていく。叫び声を上げ必死に抵抗を試みながらも失敗していたサイクロプスは、ついにその眼球から大量の液体を撒き散らしながらその命を終えた。

「うっ！」

イセリアがそう言いながら頭を押さえてうずくまるのを見て、アレンはレベルアップが続いているんだろうと推測し、自身は周囲の警戒を続けることにした。

しばらく経ったが特に他の敵が来ることはなく、そして神妙な顔をしたイセリアがゆっくりと立ち上がりぼそりと「ステータス」と口に出した。

アレンにとっては何もない空中を見つめているイセリアの瞳が潤み、そして涙が零れ落ちる。しばらくそのまま視線を動かさずにいたイセリアだったが、ゆっくりとアレンのほうを向き、流れる涙もそのままにぎこちなく微笑んだ。

「レベルアップするってこんなに幸せなものだったのですね」

「良かったな。これからもそんな幸せな瞬間が味わえるぞ」

そう返したアレンの胸へとイセリアは飛び込み、そしてわんわんと声をあげながら子供のように泣きじゃくった。

しばらくして落ち着いたイセリアが、顔を隠しながらアレンから離れる。その様子からなんとなく見ない方が良いんだろうなぁと察したアレンはサッと後ろを向き、周囲の警戒でもしているかのように振る舞った。

（うん、なんだろう。俺が悪いわけじゃないのに気まずいな、これは）

背後でイセリアが何か動いている音を聞きながらアレンがそんなことを考える。弟妹を養うことで精一杯だったアレンは、こういった経験が圧倒的に不足していた。

アレンも女性と付き合ったことがないというわけではなかったが、どうしても幼い家族を優先しがちになってしまい、長続きしたことがなかった。

そして弟妹が独り立ちしたときには既に二十九歳になっており、一般的には二十歳までに、遅くとも二十五歳くらいまでにする結婚の適齢期を過ぎてしまっており、恋愛対象とは見られなくなっていたのだ。

むろん、同じように結婚していない者がいないわけではない。独り身の生活を満喫している者も少なくないし、特に命の危険がある冒険者などにはその傾向が強かった。

アレン自身も結婚できなかったことを多少残念には思うものの、そこまで悲観しているわけではなかったのだが、こういった事態に対して無力であることを実感すると思うところがあるのは確かだった。

「申し訳ありませんでした。服を汚してしまいました」

身なりを整え、泣いた形跡をほとんど消したイセリアだったが、その赤く充血した目だけは変わらなかった。振り返ってその姿を見たアレンは、しばし何を言ったらいいかと考えたのだが、良い言葉は全く思いつかない。しかし、何かを言わなければと焦ったアレンはふと思いついた言葉をそのまま口に出す。

「い、いや。この服はダンジョンの宝箱から発見したもので、汚れがつかない機能がある服だからな。気にしなくて良いぞ」

ほら、汚れてないだろ。と服を伸ばしてみせるアレンとそれを見つめるイセリアの間に静かな時が流れる。

あれっ、これってお前の涙は汚れものだって言ってるのと同じじゃねえか？　とアレンが気づき、焦ってフォローの言葉を入れようとする前に、イセリアが噴き出し、笑い始めた。

「はい。とっても綺麗ですね」

「そ、そうだな」

満面の笑みを浮かべたイセリアに対して、アレンはぎこちなく微笑み返すことしかできなかった。

倒したサイクロプスはそのまま放置し、二人は新たなモンスターを求めて歩き始める。最初のころは一人でぎくしゃくしていたアレンも、もうなるようになれと開き直ってからは普通に会話することができていた。

「ところで今のレベルはどのくらいなんだ？」

「先ほどの戦いでレベル四十六まで上がりました。ありがとうございます」

「そういう取引だからな」

　感謝の言葉を述べるイセリアにアレンが手を横に振って気にするなと伝える。

　イセリアとの取引でアレンが得たものは魔法大全という魔法書を貸してもらうことだが、その対価としてアレンがイセリアへと提示したのは先日イセリアが行っていたレベルダウンの罠を使用してレベルを一へと引き下げることだけではない。今日、ダンジョンで一緒に戦っていることからもわかるように、その取引の中にはイセリアのレベル上げの補助も含まれていた。

　自ら望んだことではないとは言え、イセリアは千近いステータスで今までは過ごしてきたのだ。それが突然レベル一の貧弱なステータスになってしまったら、ろくな目にあわないだろうとアレンには容易に想像がついた。イセリアの容姿が整っているからなおさらだ。

　だからこそアレンは少なくともイセリアが以前のステータスの数値程度になるまでレベルアップの補助を行うつもりであり、そして現在行っている最中であった。

「しかしレベルが一気に四十五も上がるなんて、さすがサイクロプスだな。トレントとは比較にならん」

　ニックと行ったライラックのダンジョンでの一日かけてのトレント狩りによるレベル上げの成果を、一レベルとはいえ一体で超えてしまったのだ。これなら案外早くステータスを元に戻せるかもな、と考えながら発言したアレンの言葉に、イセリアが反応する。

「確かにすごいですね。連続でレベルが上がった音が鳴ってびっくりしました。でも上がったレベルは四十四レベルですよ」

「んっ、でも今四十五レベルだって……」

「実は私、二レベルだったんです。スライムダンジョンでレベルが上がって、その時も恥ずかしながら泣いてしまったのですけれどね」

頰を赤く染め、恥ずかしそうにしながらそう言うイセリアを見てアレンは可愛いなと思いつつ、そりゃそうかと納得もしていた。

レベルダウンの罠の効果は、そのレベルに上がってから稼いだ経験値が全てなくなり、一つレベルを落とすだけなのだ。何かモンスターを倒せばレベルが上がるというのは、それを何度も経験したアレンが最もよく知っていた。そしてそれに気づくと同時にアレンは嫌な予感を覚えた。

「そうそう、最初のレベルアップは神様に祝福をもらってしまいました」

「へー、そうなんだ」

嫌な予感が強まっていくのを感じながらアレンが相づちを返す。そしてニコニコと嬉しそうにしながら続けたイセリアの言葉は、アレンの予感が的中していることを決定づけるものだった。

「全てのステータスが十上がったんです。きっと神様が私に勇者の卵として精進せよ、と仰ったのだと」

「ウン、ソウカモナ」

片言になりながらもなんとか返事をしたアレンだったが、その心臓は早鐘のように打っていた。幸いにもそれをイセリアに聞かれることはなかったが。

その日は夜に仕事があったためアレンはそこまで時間をとれず、イセリアのステータスが元の数値まで戻ることはなかった。

しかしその後、休日を挟んで数度のレベリングを行った結果、イセリアのレベルは飛躍的に伸びていき、遂にはレベル二百に到達した。

魔法の方が得意と言っていたイセリアの言葉を尊重して、途中からは魔法で戦うことをアレンが勧めたおかげもあり、魔法関連のステータスは軽く千四百を超えるまでに成長していた。逆にそれ以外のステータスは千に届いていないものもあったが。

一般の冒険者としてみればかなりのステータスである。さらに中級以上の魔法を使用できるという長所があるのだから、大抵のことはなんとかなるだろうとアレンは判断した。

「じゃあ、今日で取引は終わりだ。大事な本を貸してくれてありがとうな」

「こちらこそ、ありがとうございます。ネラ様に受けたご恩、一生忘れません」

「だから取引だって言っただろ」

「それでも、です」

街へと戻るためにオーガキングを瞬殺し、戻ってきた鬼人のダンジョンの一階層。アレンとイセリアが初めて出会った場所で、真摯に見つめてくるイセリアの瞳にアレンは困り顔をしながらごまかすように頭をかいた。

ここで気の利いた台詞でも言えれば多少は格好がつくとアレン自身わかっているのだが、残念ながらアレンには何も思いつかない。

「まあ、恩のことはいいや。それより人生の先達として一言言わせてもらうとしたら、楽しめってこと。それだけ覚えておいてくれ」

「楽しめ？」

「ああ。勇者の卵ってことにとらわれ過ぎてちゃあだめだ。悲壮な顔してる奴とか、余裕のない表情の奴とかに助けてもらったとしたら、助けられた奴はありがとう、よりも申し訳ないって思いそうだろ。だからイセリア自身、人生を楽しめ」

その言葉にはアレンの実感が十分すぎるほどこもっていた。弟妹を育てるために必死だったアレンだが、全てが辛かったというわけでもない。でもアレンには余裕がなかった。そのせいで弟妹たちに心配されたことは枚挙にいとまがない。

その必要がなくなり、そして力を手に入れた今だからこそ、それを改めて実感していたのだ。

わかったような、わからないようなあいまいな表情をしながら少しうつむいたイセリアにアレンは微笑み、そしてその肩を叩いて横をすり抜けていく。これ以上自分自身、何を言っていいかわからなかったし、結論を出すのはイセリアだからと考えて。

ゆっくりと遠ざかっていく背中をじっと眺めていたイセリアだったが、ぎゅっと胸の前で手を握り締めて顔を上げた。

「またいつか、一緒に冒険してください」

「おう」

片手を上げて、自分の方を見もせずにそのまま去っていくのを、その姿が見えなくなってもなおイセリアは見つめ続けた。


イセリアとの取引を終えたアレンはいつもどおりの生活へと戻っていた。さしあたり生活面で不満だった、住、食については改善を果たしたし、衣についてはそもそもアレンの興味の範囲外なので特に必要性を感じていなかった。

そんなわけで、今日も今日とてギルドの深夜の仕事をこなし、休みの日にはネラとしてダンジョンで訓練をして過ごしたり、ドルバンの鍛冶を手伝ったりしていたのだが……

「おい、坊主。本当にあの鎧の主は何も言わなかったんだな？」

「だからそう言ってるだろ。何度聞けば気が済むんだよ」

「馬鹿やろう。あれはドワーフの生きる伝説、ゾマル師の作品だぞ。あんな芸術品に携わるなんてこれから先、一生ないかもしれねえんだ。なんで満足しているかすら聞いてねえんだ、この野郎！」

「知るか。さっさと仕事に集中しろ！」

殴りかかろうとするドルバンを、適当にあしらいながらアレンが鍛冶の準備を進めていく。

アレンが修理を依頼したイセリアの軽鎧を見てから、明らかにドルバンの様子はおかしかった。先に注文を受けていた全ての仕事を延期し、契約違反でいくつかの仕事について罰金刑を受けたのだがそんなことには構いもせず、その軽鎧の修理にかかりきりになったのだ。

その鬼気迫るドルバンの仕事ぶりはアレンをして逃げ出しそうになるほどであり、その修理を終えた後、二、三日は魂が抜けてしまったかのように燃え尽きていたほどだ。

「というか師匠がそこまで言うって、そのゾマルってドワーフはすごい奴なんだな」

「ゾマル師だ！」

「あー、はいはい。ゾマル師ね」

ドルバンが熱く語りだすのを聞きながら、アレンは苦笑する。これまで長い間ドルバンには世話になってきたアレンだったが、これほど興奮した姿は見たことがなかった。

こんな素晴らしい仕事に携わらせてくれたんだから金はいらねえ、と代金すら受け取らなかったことからも予想はしていたのだが、さすがに引き渡してから二十日以上経ってもその熱が冷めないとはアレンも思わなかった。

「また会ったら聞いておくから堪忍してくれ。ある程度使用した後じゃねえと、使い心地なんてわかんねえだろ」

「う、む。まあそうだな。絶対に聞いとけよ」

そう言い残して仕事へと向かうドルバンの背中に向けて、アレンはふぅ、と大きく息を吐き、その鍛冶技術を習うために意識を集中させ始める。

そしていつもどおりのぶっ続けの鍛冶を終えてドルバンが眠りについた後、アレンは一人、炉の前で物思いにふけっていた。炉には既に火が入っており、その炎の揺らめきがアレンの顔を赤く染めている。

ドルバンの鍛冶を手伝い、その高いステータスもあいまってその技術を吸収し続けたアレンには一つの確信があった。

「普通に修理するのはやっぱ駄目だな」

壁にかかった自分の折れてしまった愛剣を見ながら、そんなことをアレンが呟く。習得した技術があれば、元々のそれと同じ形に造りなおすことはできると考えていた。しかしその工程は一から作り直すのと大差なく、その強度は上がるどころか落ちてしまうだろうとアレンには予想がついた。

それでは意味がないのだ。

確かに冒険者をやめ、隠れて冒険するときはネラの姿で活動するアレンにはもはやその剣は必要ない。しかし思い入れのある愛剣なのだから、せめて感謝をこめてより強く素晴らしいものに生まれ変わらせてやりたいとアレンは考えたのだ。

アレンは決断した。その手段は既に手に入れており、後はアレンの気持ち一つだった。ドルバンの技術を十分に身につけた今であれば、それを成すことができるだろう。いや、やってみせるとの想いを抱き、アレンの瞳に炎がともる。

アレンが壁に掛けてあった愛剣を取り、そしてもう片方の手で腰に提げていた掌サイズの布袋を取り出す。その中には砂粒ほどの赤い粉が詰められていた。その赤い粉の正体はオーガキングの角を粉末状になるまで砕いたもの。

金属に混ぜるとその強度を増すという特性を持った、鍛冶師垂涎の一級品の素材だ。

「さて、始めるか」

アレンが歩き出す。その姿は、つい先日ドルバンが見せていたような鬼気迫るという言葉以外に形容のしようがない、そんな表情をしていた。


翌朝、目を覚ましたドルバンは食事の匂いがしないことに若干不機嫌になりながら倒れこんでいたベッドから起き上がった。工房の出入り口そばのいつもの食事スペースは綺麗に片付けられたままであり、そこには食事の用意どころかアレンの姿さえなかった。

壁際の棚から適当に酒を引っつかんで、それをあおりつつドルバンが鍛冶場への扉を開ける。

「おい坊主！　飯の準備が……」

そう言って怒鳴りつけようとしたドルバンだったが、地面に倒れているアレンの姿に言葉を止め、慌てて駆け寄る。

「坊主！　って寝てるだけかよ」

近づいたことで聞こえてきた寝息と、穏やかなその寝顔にドルバンは安堵し、続けて軽く舌打ちした。てっきりアレンに何かあったのかと本気で心配したのに、ただ寝ていただけという事実に腹が立ってきたのだ。

そしてそれを抑えておけるほど、ドワーフという種族の気は長くなかった。それは種族的な短所とも言えるが、その場で発散するからこそ後に引くことがほとんどないのだから長所の裏返しともいえる。

そんな種族の本能に従うかのように、ドルバンは息を大きく吸い、大声でアレンを起こそうとしたのだが、その直前に目に入った台の上に置かれた剣に視線を引き寄せられ口を閉じる。

そこにあったのは、ほんのりとその刃を赤く染めた剣だった。無骨で飾り気のない姿はドルバンが打つそれととてもよく似ていたが、ドルバンはそこに微妙な違いを感じ取っていた。

壁に掛かっていたはずのアレンの剣がなくなっていることをドルバンが確認する。

「ついに決断したか。この馬鹿弟子が」

アレンに視線を戻したドルバンがそう小さく呟く。その表情はその言葉とは裏腹にとても嬉しそうなものだった。

アレンが剣を修理するようにけしかけたのはドルバンだ。ある程度の技術を修め、そして鍛冶師としての地位も手に入れたドルバンだったが、最近、行き詰っていると感じていた。いくら仕事をこなしても、自らが成長しているという実感が伴わずに悶々としていたところにたまたまやってきたのがアレンだった。

根性のあるアレンをドルバンは気に入っていた。ちょうど時間もあるようだし、アレンが剣を修理できる程度まで教えてやるのもいいかと、そう考えてのことだった。

鍛冶の内容から完璧な準備を行ったアレンの姿に、今後の成長を考えて楽しみになってきたドルバンだったが、その仕事を終えた次の日にそれは驚愕へと変わった。

アレンに納品する剣のチェックを頼まれたドルバンは、少しイラッとしながらもそれを行った。実際、納品する前に行うことを事前にしておくだけだと自分自身に言い聞かせつつも、後でアレンの頭を小突くぐらいはしてやろうと考えてはいたが。

順調にチェックしていったドルバンだったが、一本の剣にほんのわずかな違和感を覚えた。他と何が変わっているわけでも、欠損等があるわけでもない。他人が見れば十人中、十人全てが見分けなどつかないだろうものだが、その違和感は消えてなくなることはなかった。

しばらく考え、そしてアレンへと視線をやったドルバンはその表情を見て全てが氷解するのを感じた。

その剣は自身が打ったものではなく、アレンが打ったのだと。

自分自身の考えが常識外れであるとはドルバンにもわかっていた。自分の腕は長年かけて磨(みが)いてきたものなのだ。それと同じ仕事を素人(しろうと)がやってのけるなど、ありえない。

しかし現実にそれは起こったのだ。そのことにドルバンは身震いした。

昔の姿を知っているドルバンだからこそ、アレンには鍛冶の才能があったかもしれないが、ここまで非常識なものではなかったことが理解できていた。そしてそれが意味することも。

（一流の鍛冶師は一流の冒険者であれ。その言葉の意味を武器の扱いを理解しろってことだとばかり思っていたが、レベルを上げろって意味だったんだな。ゾマル師も人が悪いぜ）

そんなことを考えながらドルバンはアレンを見つめ、そして武器をすり替えたことを見逃してやろうと決めた。注文の質は十分に超えているのだから問題はないと判断したのだ。

そして決意した。アレンが剣の修復を終えるまでは師匠の役目を果たそうと。そしてそれが終わった暁(あかつき)には……

（儂自身の壁を突き抜けるためにレベルを上げてやる。なってやろうじゃねえか、一流の冒険者ってやつによ）

そんな熱い想いを胸に秘めていたのだった。

［第六章］ スタンピード

スライムダンジョンからレベルアップ予約者をライラックの街へと連れて帰ったアレンは、ギルドへと続く大通りを機嫌良く歩いていた。朝ということもあり本格的な店の呼び込みなどはないものの、いつもよりなぜか活気に満ちた人々のやり取りをアレンが笑顔で眺めている。

普段であれば、深夜のスライム潰しという面倒でつまらない仕事の後であるため不機嫌というわけではないが、どちらかと言えば気だるげなことが多いのだが今日は違った。

そのわけはアレンの腰に吊られた愛剣のおかげである。

長年共に戦ってきたからこそというべきか、それともアレンの思い込みかはわからないが、修復したアレンの愛剣がそこにあることがとてもしっくりときていたのだ。今まで試作で打った剣を吊ったときには感じたことのないこの感覚に、アレンの頬は緩みっぱなしだった。

「あー、なんかこいつと冒険したくなってきたな」

愛剣の鞘を撫でながらそんなことをアレンが呟く。本人は気づいていないが、その後ろをたまたま歩いていた人がそれを聞き、少し顔を引きつらせながらすっと進路を変える。朝っぱらからそんなことを言って街中の大通りで鞘をさすっている者など不審者極まりないため仕方がない。通報されなかっただけマシである。

　ギルドへと続く道を歩きながらアレンの妄想は続いていく。愛剣と冒険をするのならどのダンジョンが良いかというものだ。

「順当に行けばライラックのダンジョンなんだが、せっかくなら頂点に挑みたいって気もするよな」

　スライムダンジョンは論外として、何度も攻略してしまった鬼人のダンジョンもすでにアレンにとっては冒険の範疇には入っていなかった。どちらかと言えば今は魔法などの訓練場というイメージなのだ。

　冒険となると、四十階層で足止めになっているライラックのダンジョンの深層に行くというのが順当だとアレンは考えた。今の実力であれば四十階層まで行くことは可能だし、さらに前人未到の四十一階層以降に行くことも不可能ではないんじゃないかと考えたのだ。

　しかし一方で、ライラック周辺にある四つのダンジョンの最後の一つ、冒険者たちが最後に行き着くダンジョンと呼ばれる場所に行ってみたいとも思っていた。

「でもなー、あそこは入場制限がかかってるんだよな。確か個人ランクが金級以上のみだったか？　冒険者でもないネラじゃあ入れねえしな」

　そんなことを言いながらアレンがため息を吐く。妄想であるため意味はないはずなのだが、その表情は本気で残念がっているように見えた。

実際、そのダンジョンに行くというのはライラックの冒険者にとっては一種の夢であり、そこに未だアレンも引きずられている部分もあるのかもしれなかった。

冒険者のランクは、木級から始まり、銅級、鉄級、銀級、金級、ミスリル級、そして最高位であるオリハルコン級に分けられているのだが、冒険者の約八割が鉄級以下のランクなのだ。

ちなみに冒険者時代のアレンのランクは鉄級であり、その上位の実力だった。つまり冒険者の中ではなかなかの実力者だったのだ。あくまで一般の冒険者の中ではとの注釈がつくのだが。

残りの二割、いや金級以上ともなれば冒険者の一割以下の者しか入場すらできないということからもそのダンジョンの特異さが伝わるだろう。

それなりの実力がなければ、ただ死ぬだけだということで唯一入場制限がかかっているそのダンジョンの名は、ドラゴンダンジョン。

出現するモンスターがドラゴン系のモンスターのみであるという凶悪すぎるダンジョンだった。

妄想が一段落したところで冒険者ギルドに到着したアレンは、職員用の裏口から中へと入りスライムの魔石を通りかかった職員に渡し、さっさと帰ろうとした。

「んっ？」

しかしギルド内の雰囲気がいつもと少し違うことに気づき足を止める。

開門からしばらく時間が経った この時間であれば冒険者たちは既に依頼を受け終わっており、ギルド内にいるとすればパーティが休暇中で小遣い稼ぎに簡単な依頼を受けようとする者や事前の情報収集する者などその数は多くないはずなのだ。

しかし今、ギルドのホールには多くの冒険者の姿があり、掲示板の前で集まってせわしなく何かを話し合っていた。

「アレン！」

「おお、マチルダか。何かあったのか？」

「何か、じゃないわよ！」

珍しく焦りの表情を見せるマチルダの姿に、アレンも緊急事態が起きているのだと察して駆け寄る。そしてマチルダの机に広げられたその紙を見てアレンは顔を引きつらせた。

「スタンピードの兆候あり、だと？　しかもドラゴンダンジョン？　これは確かなのか？」

「嘘なら私たち全員の首が飛ぶわね。ミスリル級パーティの『焔』の斥候が命からがら持ってきた情報だし、その心配は必要ないわ。まあ命の保証がないという意味ではどちらにせよ同じだけれど」

「マジか。十二年前の悪夢の再来じゃねえか」

アレンが愕然とした表情でそう呟く。

アレンの言う十二年前の悪夢とは、ドラゴンダンジョンのスタンピードによりライラックの街が壊滅的な被害を受けた出来事である。幸いにも街中の被害はそこまでではなかったのだが、街を守る防壁の一部が崩れ、冒険者や兵士に多くの犠牲者が出た痛ましい事件だ。

その事件の結果として兵士の大量募集があり、弟のエリックが兵士になれたという良いこともあったのだが、その一方、知り合いの冒険者が死んでしまったり、厚遇で雇われていた勇者の卵のパーティとの縁が切れてしまい貧乏生活に逆戻りになったりと、アレンにとっても苦々しい記憶の残る事件だった。

「現状は『焰』を中心に、上位の冒険者が食い止めているようだけれど……」

「スタンピードはどんどん敵が強くなるから、どこまで時間を稼げるかってことだな」

「ええ。だから支援要員の緊急依頼をかけてる最中よ。逃げ出さずに受けてくれる冒険者がどれだけいるかはわからないけれど。既にギルド長が領主様に伝えて、入場制限の解除と兵士の派遣を依頼したらしいわ」

「一匹でも外に出たらまずいからな。領主様も兵士を……兵士が派遣されるのか⁉」

突然のアレンの大声に驚いて声を出せず、なんとか首を縦に振ったマチルダの答えにアレンが顔をしかめる。

スタンピードが起きてしまい、その結果ドラゴンが外へと出てしまうことになれば街に被害が及ぶのは明らかだ。だからなんとしてでもダンジョン内でそれを止めようと考えるのはアレンにも理解できる。出入り口が限られているダンジョン内の方がはるかに戦いやすいからだ。

しかし理解できるからといって、兵士が派遣されるという事実はアレンには受け入れがたかった。ドラゴンと戦うとなれば兵士の中でも実力者ばかりが選ばれるはずだ。そうでなければいたずらに被害が増すだけなのだから。

ギルドが緊急依頼で戦闘要員ではなく支援要員を募集しているのもそういった理由からだ。実力のない者を戦わせても死ぬだけであり、むしろ邪魔になる可能性が高いと判断されたということだった。

ドラゴンと戦うことのできる実力のある兵士など多くはない。そしてその中には確実に……

「エリック！」

アレンの弟のエリックがいるはずだった。

アレンは居ても立ってもいられず、その名を呼んだ次の瞬間、ギルドの裏口へと走り出そうとした。手を伸ばして止めようとするマチルダの姿を認識してはいたが、アレンの意識はすでにそこにはなかった。

「どこへ行こうというのかね？」

圧倒的な威圧感と共にかけられた言葉に、アレンがその足を止め視線をそちらへと向ける。階段をゆっくりと、そのぶよぶよと太った体を揺らしながら降りてきたのは……

「ギルド長」

「もう一度聞こう。ギルドが一丸となって対応すべきこの非常事態に、どこへ行こうというのかね？」

　このライラックの冒険者ギルドを取りまとめるギルド長、元ミスリル級冒険者のオルランドだった。

　オルランドを鋭い目で睨みつけながらも、アレンは反論を口にすることができなかった。そのことを自分の威圧が効いているからだと勘違いし、まだまだ自分も捨てたものではないなと少しだけ得意げになりながらオルランドはアレンから視線を外す。

　ギルドの職員のみならず、掲示板付近にいた冒険者たちからも注目が集まっているのを確認し、オルランドは声をあげる。

「既に領主様は兵士を派遣され、周辺のギルドだけでなく国にも救援を依頼してある。まだ確実ではないが付近にオリハルコン級の冒険者が来ているという情報もある」

　オリハルコン級という言葉に、冒険者たちが大きくざわめく。上級の冒険者は化け物ぞろいだと誰もが知っているが、その中でも最上位に位置するオリハルコン級の規格外さは吟遊詩人の語り草になるほどなのだ。

　もしかしたらなんとかなるかもしれない。そんな意識が皆に芽生え始める。

「ライラックの冒険者諸君。我々はこの地に生きる者として、胸を張って戦い抜こうではないか。実際に諸君らが戦うことはないだろうが、この戦いはいつしか歌となり、世界へと轟くだろう。その登場人物の一人となり、いつか物語を聞きながら美酒に酔いたい者はいないのか!?」

だんっ、と大きな足音を立てて一歩踏み出し、手を広げながらそう言い放ったオルランドの姿に一瞬沈黙が広がる。そしてその直後……

「「「おー!!」」」

まるで熱に浮かされたように数人の冒険者たちが雄叫びを上げながら参加を表明し、そしてそれに引きずられるようにして他の者たちも次々と支援要員の緊急依頼への参加を決めていく。

ギルド職員の一部、特に若い職員などは感銘を受けたかのような顔でその受付業務を行っており、ギルドはにわかに活気づき始めていた。

その変化に満足したオルランドが視線をアレンへと戻す。

「前のスタンピードを経験したお前なら、ギルドが果たすべき役割を十分にわかっているだろう。冒険者の経験がある職員は貴重だ。立派な調整役としてこれからもここで頑張ってくれ。私自身、そう長くはここにいられないだろうからな」

アレンにだけ聞こえるような小さな声でそう言って、オルランドがポンとアレンの肩を叩く。その言葉と一瞬だけオルランドが見せた憂いを帯びた顔に、アレンは既にオルランドが自らの死を覚悟していることを理解した。

その姿はいつものニタニタと笑いながら業務を振ってくる嫌なギルド長ではなく、冒険者時代の活躍を物語として聞いた疾風のオルランドの姿と重なった。

アレンがもしレベルダウンの罠を使用せず以前のままのステータスであれば、周囲にいる冒険者や職員と同じようにその言葉に同意したのかもしれない。弟のエリックのことを心配しつつも直接助ける力などなく、その生存確率を少しでも上げるために奔走したのかもしれない。

だが……もうアレンは力を手に入れていたのだ。

アレンはオルランドに小さく微笑み返し、そして自らの胸にはめられた冒険者ギルドの職員の証であるバッチを外してオルランドの手へと置いた。「今まで世話になった」という言葉を告げ、驚いた表情で固まるオルランドの横を通り過ぎ、アレンはマチルダのもとへと向かう。

アレンのその姿を見たマチルダは泣きそうな顔で首を横に振ったが、アレンが目の前に立って動かないことを察すると、ぎこちなく笑顔を作りながら口を開いた。

「冒険者ギルドへようこそ。ご用件はなんでしょうか？」

「冒険者の登録をしたい。名前はアレンだ」

「アレン様ですね。冒険者ギルドに関する説明は必要でしょうか？」

「不要だ」

アレンとマチルダのやり取りを周囲が見つめる。それは冒険者になる時にギルドの職員と新たな冒険者が交わす定型の言葉。かつてアレンが経験し、幾度となくマチルダが様々な冒険者たちに贈った言葉。

「試験を受ければ銅級からの登録も可能ですが、どうされますか？」

「木級で構わない」

「わかりました。では後日、冒険者の証であるギルド証を交付いたしますので受け取りに来てください。ようこそ、冒険者ギルドへ。私たちはあなたを歓迎します」

短いそんなやり取りが終わり、二人の間に沈黙が落ちる。それ以上の言葉を二人は交わさなかった。しかし確かにその間では何かが通じ合っていた。

今にも泣きそうな顔をしながらも、なんとか笑顔を保ち続けているマチルダに、アレンが優しく微笑む。

「悪いな、マチルダ。やっぱ俺、エリックを放っておけねえわ。これまでありがとな」

そう言ってアレンはマチルダへと背を向けて歩き始めた。職員になってからは使うことのなかったギルドの正面出入り口を目指して。その後ろ姿をマチルダは滲む視界の中で見つめ続け、そしてその姿が消えたところでその瞳から涙が零れ落ちていく。

「知ってたわよ、そんなこと。ずっと見てたんだから……」

そんなマチルダの声はアレンに届くことはなく、冒険者たちを受けつける雑音に紛れて消えていったのだった。

ギルドを出たアレンは自宅に急いで帰ると、地下室へと向かいマジックバッグに必要なものを全て詰めて、愛用のリュックに入れるとドラゴンダンジョンへ向かうのに最も近い東門へ向かった。

走ること数分、東門へとたどり着いたアレンが見たのは厳重に閉鎖された出入り口とそこを固める大勢の兵士の姿だった。

「ちっ！」

その光景に舌打ちしながらアレンが方向を切り替える。さすがにここまで早く東門が封鎖されるとはアレンも思っていなかったのだ。一瞬、別の門へ向かうべきかと考えたアレンだったが、即座にその考えを否定する。

確かに他の門は封鎖されていない可能性が高い。しかしそこはスタンピードの噂を聞きつけ街から逃げようとする者でごった返しているだろうことはアレンにも容易に想像がついた。

「ギルド証を見せれば……そういや交付は後日だったな。しかも依頼も受けてねえし」

そう言いながらアレンが周囲を見回す。既に門付近は厳戒態勢が敷かれており、避難も進んでいるせいか人気はほとんどなかった。アレンは即座に決断を下し、わき道へと入り込んでしばらく進む。そして奥まった路地の一角にあった人家の物置の扉を躊躇なく破壊すると、その中へと姿を消した。

しばらくしてそこから出てきたのはネラの格好をしたアレンだった。アレンは小さく息を吐き、そしてマジックバッグからいくらかの金貨を取り出して物置の壊れた扉の下へと置くと即座に走り始めた。

　そのまま東門へと向かったアレンは、警告を発しながら止めようとする兵士たちを無視して大きくジャンプをし、ライラックの防壁を飛び越える。兵士たちはその後ろ姿を唖然としながら眺めることしかできなかった。


　ドラゴンダンジョンはライラックの街の東に位置するダンジョンであり、東門から普通に歩いて二時間程度の場所にある。その出入り口は巨大な一枚岩にあり、まるで獲物を飲み込むドラゴンの口を表現しているかのような形になっていた。

　現在、その出入り口を囲むように兵士たちや魔法使いたちによって土が盛られ、着々と陣地が築かれ始めていた。ここにいる兵士はまだまだ経験の浅い者が多く、いつ出入り口からドラゴンが出てくるのかとびくびくしている者も少なくない。

　しかしそれでも動きを止めないのは、ここが最終防衛ラインになるとわかっており、そしてなにより自分たちの仲間が中で足止めをしてくれていると知っているからだった。

「出入り口が封鎖できたら良かったんだけどな」

「ダンジョンに吸収されるだけだぞ。無駄口叩いてないでさっさと手を動かせ。先輩たちは今も命がけで戦ってるんだ」

「ああ」

そんな会話を交わしながら懸命に陣地を形成していく二人の兵士に砂埃と共に突風が襲いかかる。突然の出来事にきょろきょろと警戒し、辺りを見回した二人だったがそこには何もなく、砂埃が落ち着いたところで作業へと戻っていく。それは魔法でその姿を隠しながら、普通の兵士には認識できないほどの速度で通り過ぎていったアレンの残響だった。


時は少し遡る。

ライラックの街の門が閉まる直前に、ミスリル級パーティの『焰』の斥候によってもたらされたドラゴンダンジョンにスタンピードの兆候があるという情報は即座に冒険者ギルドに伝えられ、そしてほどなく領主へと伝わった。

ライラックの街の領主であるナヴィーン・エル・ライラックの判断は早かった。冒険者ギルドの長であるオルランドの報告が来る前にそれを知り、既に兵士を派遣する準備を始めていたのだ。

周辺にダンジョンが四つあるということはライラックの街が栄える要因である一方、他の街よりもはるかにスタンピードの危険性が高い土地であるとも言える。

さらに言えば、十二年前のスタンピードの記憶をナヴィーンが忘れるはずもなかった。なぜならそれはナヴィーンが領主の地位を継いですぐに起こった出来事だったからだ。今回のように兆候を把握できなかったという違いはあるものの、判断が遅れたために被害が増えてしまったというその苦々しい記憶はナヴィーンの心に刻まれていたのだ。

ナヴィーンの早い判断のおかげもあり、すぐに選抜された応援の兵士たちがドラゴンダンジョンに送られた。そしてその中にはアレンの予想通りエリックの姿があった。

選抜部隊として選ばれたエリックは、仲間の兵士たちと共にドラゴンダンジョンの中へと入り、そしてダンジョンの中で出入り口を囲むように防衛陣を敷いていた冒険者たちと合流する。

ピリピリとした緊迫感のある空気が張り詰めていたが、エリックが着いた段階ではまだスタンピードの兆候はそこからはうかがえなかった。

一階層に生息するモンスターであるワイバーンが上空を旋回する姿が遠くに見えたが、特に襲いかかってくる様子もない。そのことに少しほっとしながら、エリックは顔見知りの冒険者へと近づく。

「やあ、ケネス。今のところは問題ないようだな」

「エリック。今のところ、だけどね」

エリックにやや疲れた表情をしながらそう返した男は、ミスリル級パーティ『焔』のリーダーであるケネスだった。

自らの体が隠れるような大剣を背負っている割に細身でどことなくひょろっとした印象を受けるケネスだったが、その実力が生半可なものではないことは幾度となく模擬戦を行ったエリック自身がよくわかっていた。

「落ち着いている間に情報共有したい」

「わかったよ。皆、しばらく頼むね」

周囲の冒険者に声をかけ、そしてケネスがやってきた兵士たちに自身が把握している情勢を報告していく。そしてその代わりにエリックたちもダンジョン外の状況であったり、ライラックの街の防衛計画などを伝えた。

「問題は弓兵と魔法使いの不足だな」

「そうだね。ワイバーンを始めドラゴンの中には飛行能力を持ったものも多いから。出入りする場所がここだけだから最終的には地面に降りてくることにはなるんだけどね」

「出入り口の通路で戦うのはどうだ？　上空を気にする必要もなく、さらに多数を相手にしなくても良くなると思うんだが」

「ブレスを吐かれたら逃げ場がないからね。見えなければ予兆を察することもできないよ」

エリックが出した案を、ケネスがやんわりと、しかし即座に否定する。そのことに対して誰も異論を挟まない。ことドラゴンダンジョンについては普段から探索を行っているケネスの方が正確な判断を下せるとわかっているからだ。

もちろん常日頃、このドラゴンダンジョンで活動している『焔』のメンバーの中にも魔法使いはいた。上空から襲いかかってくるドラゴンに対応できなければ、探索さえままならないのだから当たり前だ。

また『焰』の他にもいくつかの冒険者パーティがおり、その面々も何かしら対空攻撃能力を持つ者が必ずいた。ドラゴンダンジョンに入る冒険者だけあり、それらの者は冒険者の中でも抜きん出た実力の持ち主である。

しかし、それはあくまで探索するのに十分な実力であって、次々とドラゴンが襲いかかってくるようなスタンピードにおいて、足る力なのかといえばそうではないのだ。人の疲労は蓄積するし、体力にも必ず限界があるのだから。

「そっちでそういった人材はいないの？」

「弓兵は補給の関係もあって街の防衛に優先的に配備されているし、魔法使いはそもそも数が多くない。十二年前の戦いでかなり数が減ったらしくて、補充が間に合ってないそうだ」

「なにそれ」

「まあこんな短い周期でスタンピードが発生するなんて想定外という話だしな。もう少し長期で数を合わせるつもりだったんだろう」

呆れたような視線を向けるケネスに、エリックが苦笑いをしながら一応のフォローをする。

ここに領主を無批判に信奉しているような兵士がいればケネスの物言いに反発をする者もいたのかもしれないが、ここにいるのはエリックを始め二十代の比較的若い兵士たち、しかも平民出身の者ばかりだった。

だから彼らの内心はケネスと実はあまり変わりなかった。まあそれを口に出さない程度は忠誠心を抱いているだけマシだろう。

「じゃあ応援の冒険者に期待するしかないね」

「来ると思うか？」

「そう思わないとやってられないよ。まあ僕は運が良いし、きっと奇跡は起こるって信じることにするよ。じゃあ戦いになったらよろしく」

そう言ってケネスは冒険者たちのもとへと帰っていった。絶望的な状況になるとわかっていながらも、そこで自分が死ぬとは全く思っていないような飄々とした様子で。

「奇跡、か。それは起こるものではなく、無理矢理にでも掴み取るものだと俺は思うがな。そうだよな、兄貴」

弟妹というお荷物を背負いながら懸命に働き、そしてそれぞれの道へと奇跡的に旅立たせることに成功した自分の兄、アレンのことを思い出してエリックは少し笑い、そして戦いの準備を始めたのだった。

「上空、ワイバーン残り一」

「私が落とします。エアハンマー！」

獲物を狙い、旋回していたワイバーンが見えない巨大なハンマーに殴られたかのようにその体を変形させ、地上へと落ちていく。上空から地面へと叩きつけられたダメージで翼を折ってのたうつワイバーンの首を、ケネスがその巨大な剣で一閃した。

ぽとりとまるで冗談であるかのようにあっさりと首を落としたワイバーンが地面に倒れ伏すのをチラリと眺め、ケネスが大剣を背負いなおす。

「第四波、終了。回収班急げ！」

エリックの指示のもと、そこらじゅうに散らばったワイバーンや双頭のヒュドラなどを、マジックバッグを持った兵士たちが走りながら必死に回収していく。

周囲を警戒しながらその様子を眺めていたエリックにケネスが近づいてきた。擦り傷一つないのに、返り血によって所々が赤黒く染まったその姿は、これまでの激戦を十分に感じさせた。

「低階層のワイバーンと双頭のヒュドラだけど、これだけの数があれば一財産だね。しばらくは価格が暴落しそうだけど」

「そういう意味で回収しているわけではないんだが、無事に乗り切ることができたらそうなるかもな」

まるで世間話でもするかのように話しかけられ、エリックが苦笑しながらそう返す。もちろんわざわざ倒したモンスターを回収しているのは金儲けというわけではなく、戦場が荒れるのを少しでも軽減するためだ。

死体が残っていたせいで思わぬ不意打ちを受けたり、逃げ場をふさがれたりといった危険を防ぐためではあるのだが、そう言われてみれば大量供給されたワイバーンやヒュドラの価値は暴落しそうだとエリックも納得してしまった。

モンスターの来襲には波があり、エリックたちは既に第四波までを乗り切っていた。適度な休憩を挟むことができるおかげもあり、今のところ誰も死ぬことなく戦い抜いてきたのだが……。


(疲労が溜まってきている者がいるな)

そのことがエリックには気がかりだった。無論、全員が全員戦うわけではなくローテーションを組んで一定の休憩がとれるような態勢を組んではいるのだが、兵士の中、特に実力はあるが比較的年齢の若い者にその傾向が見て取れた。

おそらく休憩中も気が張り詰めすぎているせいだろうとエリックには推測がついていたのだが、それを解決できるような有効な手段を持ち合わせてはいない。

「まずいね。エリック気づいてる?」

「若い兵士のことか?」

「ううん、そっちは想定どおりだから。僕が話してるのは君の剣だよ。いつか話してくれた魔法のかかったその剣だけど、もう限界だよ」

「……ああ。気づいている」

エリックが自らの腰に提げた剣を見つめる。兵士に支給されるものではなく、それはアレンがエリックの試験のために贈った、ドルバンが打った剣だった。

　もちろんそれには魔法などかかっておらず、純粋な鋼鉄の剣なのだが、エリックにとってそれは魔法の剣だった。大切に、大切に扱い続け、いざという時の戦いにおいて必ず使用し、その全てを乗り切ったそんな剣だった。

　しかし少し前からエリック自身、剣に違和感を覚えていたのだ。目に見えるようなひびが入っているわけでもないし、外見からは全くわからないのだが長年付き合ってきたからこそその微小な違いをエリックは明確に感じ取っていた。そしてそれが意味することも。

「わかってるならいいや。たまたま応援の冒険者に良い魔法使いがいてくれたおかげで今は助かっているけど、僕は早めに交換するのをお勧めしておくよ」

「悪いな。考えておく」

　そう言いながらも、動こうとしないエリックに苦笑いしながらケネスは去っていく。

　そして間もなく、第五波が始まる。

　戦いが開始されてから休憩できるような波があるとはいえ六時間近くが経過し、疲労も徐々に溜まる中でやってきた第五波にエリックたちは苦戦を強いられていた。しかしその原因は疲労のためだけではない。

「ちっ、ついに来たか」

「まあ遅かれ早かれ、六階層以降のモンスターが来ることはわかっていたけどね」

苦々しい顔をするエリックとは対照的に、淡々とした様子で上空から襲撃してきたドラゴンパピーをケネスが斬り捨てる。

ドラゴンパピーとは竜の幼体のことである。幼体と聞くと非常に弱そうなイメージであるのだがそれは間違いだ。成体ともなれば優に十メートルを越すドラゴンの幼体だけあってその体長は三メートル以上あるし、それに加えて……

「正面、ブレス予備動作入りました、属性は火！」

その警告に冒険者や兵士たちは即座に反応してその場を離れる。その直後、今まで彼らがいた場所を塗り潰すような火柱がその場を覆いつくした。倒されてその場に放置されていたワイバーンなどが真っ黒な炭へと変わり、プスプスと音を立てながら焦げ臭いにおいを放ち始める。

「うおおおっ！」

口から炎を吹き出しながら動きを止めたドラゴンパピーにエリックが肉薄し、その勢いのまま剣を脳天へと向ける。炎の方向を変えて対抗しようとしたドラゴンパピーだったが、その動きはあまりにも遅すぎた。

エリックによって脳天を突き刺されたドラゴンパピーは、ぐったりと力を失い、そして口から吐き出していたブレスがボッという音を残して消える。

「わかってはいたが、厄介なことに変わりはないぞ」

「避ければいいんだよ。魔法で防御なんてしたらもったいないからね」

「簡単に言ってくれるな」

陣形へと戻ったエリックとケネスが軽口を叩き合う。まるでそんなことは些細な問題とでもいわんばかりの態度を見せつつもエリックの内心は違っていた。

（これは厳しいな。一部の兵士は撤退させた方が良いんだろうが、そうなると手が足らなくなるか……）

そんな風に考えながら、エリックが戦いの手を止めることはなかった。

エリックはこのスタンピードを防ぐ部隊の隊長だ。もちろん全体の指揮を執っているのは外にいる別の者だが、ことダンジョン内の指揮に関してはエリックに一任されていた。兵士の中でももっと階級が上の者はいるのだが、ドラゴンを相手にできるほどの実力者となるとエリックの他にいなかったのだ。

もしかすると自らの安全のためにエリックに押しつけたのかもしれないが、普段から兵士として仲間と近しい位置にいるエリックが指揮を執ることは理にかなっていた。個々の実力を十分に理解しているから、最適な判断をすることができるという意味でも。

そのエリックが厳しいと判断するほど、今の状況はマズイものだった。

もちろん普段どおりの実力を発揮できるのであれば、ドラゴンパピー相手でも対応できるだけの実力者ばかりだとエリックも思っている。しかし連戦による疲労の抜けきらない現状では、いつ事故が起こるかわからないと考えたのだ。

しかしそれを表に出すことはできない。隊長である自分の動揺は部隊全体に影響があると重々承知しているからだ。

（そもそも逃げることはできないんだけれどな）

エリックたちに与えられた任務は、この地における防衛線の維持であり、応援がやってくるまでモンスターの氾濫を食い止めなければならない。

ここを抜けられてしまえばライラックに被害が及ぶのは確実なのだから、ある意味では当然の任務とも言えるのだが、逆に言えば任務を放棄しての撤退は許されていない。つまり守りきれないということは、味方全員が死ぬことを意味していた。

「ジュリア」

一目惚れしたと言って自分を慕い、ついには実家から離縁され貴族籍を剝奪までされてなおその意思を貫き通した妻の名を小さく唱え、エリックが剣を握る手に力を込める。

身分違いだと完全に無視していたエリックを落とし、溺愛させて、自らの望む場所を手に入れたそんな小さな奇跡の代行者を心に抱き、エリックは剣を振るっていく。必ず帰る、その約束を守るために。

エリックたちはなんとか第五波を、死者を出さずに乗りきった。しかしその結果は決して芳しいものではなかった。兵士のうち数人がブレスを避けきれずに重傷を負い脱落していたのだ。

幸いといって良いのか、冒険者や他の兵士などは大きな怪我をすることなくポーションで回復できる程度ではあったのだが、人数が減少したことに変わりはない。重苦しい雰囲気が辺りに漂い始めていた。

「客観的に見てもうすぐ限界だね。撤退することを僕としてはお勧めしたいところだけど」

「無理だ。しかし希望はある。ライラックの門はもう開いているはずだ。応援が来る可能性は残っている」

「希望的観測は兵士にとっても冒険者にとっても良いことはないと思うけどね」

ケネスとエリックの話を休憩しながら聞いていた冒険者たちが、ケネスの言葉に同意するように首を縦に振る。その誰もが歴戦の猛者たちであり、その状況判断が正しいことはエリック自身もよくわかっていた。

冒険者たちにしても、生と死を分ける境界は徐々に近づいている。もうしばらくは自分たちであれば生き残ることができる、そう判断しているからこそまだ大人しいだけなのだ。

限界を超えたと判断すれば、この場を放棄することを冒険者たちは躊躇しないだろう。冒険者ギルドと国との間の協定に従った結果、彼らはここに残っている訳であり、自主的に残っている者などほとんどいないのだから。

ギルドからどんな処罰が下されようとも、自らの命に代えられるものではないと彼らは十分に知っていた。

「あの、補給でマジックポーションなども届いていますし、もっと魔法でサポートしましょうか？　少しレベルも上がりましたし」

　重苦しい空気に耐え切れなかったのか、遠慮がちに、だがはっきりと聞こえた声にエリックとケネスが反応する。

「君は確か応援に来てくれた勇者の卵の……」

「イセリアだったね」

「はい。まだまだ未熟者ですが、多少使える魔法の種類には自信があります」

どうでしょうか？　と聞くイセリアに、二人が顔を見合わせて苦笑いする。応援としてやってきたイセリアが魔法で戦いの補助をしてくれたおかげで戦線が安定していたのは二人も実感していた。

　通常、魔法使いと言えば自らの得意な属性二種類程度を優先的に修行して伸ばしている者が多い中、イセリアは状況に応じて様々な属性の魔法を使い分けていたため、その言葉に嘘がないことは明らかだった。

　だが、考え方は戦いの素人（しろうと）のそれ、と言わざるを得なかった。たった一人の活躍によって戦況が変わるほど、現状は甘くない。たとえイセリアが今よりも多くの魔法を使ったとしても、大きな変化が起こることなどありえない。

「申し出はありがたいが、現状を維持するというのがベストなんだ」

「そうそう。マジックポーションで回復するにしても限界があるしね」

「そう、ですか。申し訳ありません。余計なことを言いました」

少し気落ちしながらもきっちりと謝罪したイセリアの姿に、ほんの少しだけだが周りの空気がやわらかくなる。そのことにエリックも目を細め、そして自分からも感謝の言葉を口にしようとしたその時だった。巨大な影が兵士と冒険者を覆い、そして押し潰されそうなほどの圧倒的な圧に誰も身動きが取れなくなったのは。

「ふむ、なかなか外に出ていかないと疑問に思っていたのだが、ここで防がれていたというわけか。自らの身を挺するとはなかなか骨のある者たちよ」

機嫌良さげにそう声をかけてきたのは、成竜の数倍はあろうかという巨体の、青い鱗をもつエンシェントドラゴンだった。

そのエンシェントドラゴンがぐるりと視線をやり、兵士や冒険者たちを眺めていく。その間、皆が金縛りにでもかかってしまったかのように動くことさえできなかった。生物としての本能がその格の違いを強烈なまでに感じ取ってしまっており、意識的に動くことを拒否してしまっていたのだ。

「ふむ。なかなかに筋の良い者もいるようだが、この中にはいないようだ。すまないが、君たち、道を空けてくれないかね」

その言葉に操られるようにして、冒険者や兵士たちが出入り口から離れていく。しかし助かったと安堵するような者はどこにもいなかった。むしろ自分の意思ではないはずなのに、勝手に体が動いてしまったことに恐怖し、体を震わせる者さえいた。

そんな中、エンシェントドラゴンの言葉に反して、その場から動かない者がいた。エリック、ケネス、そしてイセリアの三人だ。恐怖心を抱きながらも、懸命に自分へと視線を向け戦おうという意志を示す三人の姿に、エンシェントドラゴンがその相好を崩す。

「ふふっ、良きかな、良きかな。届かぬ相手と知りながらも立ち向かうことこそ真の強者の証というもの。んっ？　そこの娘、お主から強き者のマナを感じるのだが心当たりがあるな」

「っ!!」

突然呼ばれたイセリアの体がビクンと震え、その表情が焦りの色に染まる。エンシェントドラゴンが何の意図を持ってそんなことを聞いてきたのかイセリアにはわからなかったが、強き者というのがおじい様かネラのことであろうことは容易に想像がついた。

どちらもイセリアにとっては大恩のある人物である。二人に迷惑などかけられない、そう思う気持ちはあれど、じっと見つめ続けるエンシェントドラゴンのプレッシャーにイセリアは動揺を隠し切れなかった。

「よく見ればそなたも勇者の卵のようだ。ふむ、良かろう。そなたを助けにその者が来ればよし。来なくても多少の暇つぶしにはなろう」

エンシェントドラゴンはそう言うと長い首をもたげて顔を寄せ、そして大きな口をイセリアの前で開けた。

「あっ」

そんな小さな声を残してイセリアの姿がその口の中に消える。その瞬間、わずかにだがエリックとケネスの体がそれを防ごうと動いたのだが、エンシェントドラゴンの巨大な瞳に間近で見つめられ再びその動きを止められた。

二人の目の内に怒りの感情を察したエンシェントドラゴンが、嬉しそうに目を細める。

「理不尽に怒りを抱く勇ある者たちよ。強き者に伝えよ。時間はそう長くないとな」

そう二人に伝えたエンシェントドラゴンはふわりと浮き上がり、そして二階層の方へと向かって羽ばたいていった。

「「待て！」」

この時、ようやく金縛りが解けたかのように動けるようになったエリックたちがそれをなんとか阻止しようとしたが、エンシェントドラゴンに触れることさえできずに終わる。

エンシェントドラゴンの姿が完全に見えなくなり、エリックとケネスが膝をつく。その表情は真っ青であり、精神的な限界値を既に超えてしまっているのは誰の目から見ても明らかだった。

「救けに行くのは絶望的だね。強き者とやらにお願いするしかないわけだけれど、僕たちを超える強き者なんてライラックにはいないと思うけど」

はぁ、はぁと息を整えながらそう話しかけてきたケネスに、エリックはうなずき返しかけてそれを止める。

この場にいる者がライラックの最高戦力であることは間違いない。現在ライラックにはオリハルコン級の冒険者はいないし、依頼などで街を少しの間離れていてここにいない他のミスリル級冒険者にしてもケネスより明確に上という者などいないからだ。

しかし、それでもなおエリックがその動きを止めたのは、ライラックでも屈指(くっし)の実力者である自分を簡単に撒(ま)いた正体不明の人物の姿が頭をよぎったからだ。

「ネラか」

「ネラ?　あの噂の?」

「ああ、他には該当(がいとう)しそうなものがいない。しかし伝えろといっても……」

その手段がない、と続けようとしたエリックだったが、その言葉は背後で仲間の一人があげた警戒の声に阻(はば)まれた。

「ドラゴンパピーの姿を確認。第七波かもしれません!」

その言葉にエリックとケネスが苦々しい顔をしながら立ち上がる。

「伝えろというのなら、休ませてほしいんだけどね」

「あのドラゴンにとっては、この程度は些細なことなんだろうな。態勢を立て直す。腑抜(ふぬ)けてると死ぬぞ。気合いを入れなおせ!」

二人は愚痴を言い合い、そしてエリックが仲間たちに指示を飛ばし始める。ケネスも仲間の冒険者たちに声をかけて状況を確認していったが、エンシェントドラゴンに出会った衝撃のせいでその内の数人はほとんど使いものにならないだろうとわかってしまった。

限界だな、そんな考えがケネスの頭をよぎる。前回でさえギリギリだったのに、イセリアという有能な魔法使いが抜け、さらには他のメンバーもボロボロ。これでは第七波を乗り切ることなどできるはずがない。そう冷静に判断を下した。

ケネスがエリックを見つめる。二人は友人というほど親しくはないが、知人よりも濃い繋がりを持っていた。お互いにお互いを認め合う、そんな関係だった。

エリックの性格を知るケネスには、どんなに絶望的な戦いであったとしてもその背後にライラックの街という守るべきものがある限りエリックは戦い続けるだろうという確信があった。

自分が、それがどんなに愚かなことだと諭そうとも。

「エリック。勇敢で愚かな僕の友達。君の死に様はちゃんと見届けて、しっかりと僕が伝えよう。強き者に救けを求めるという撤退する理由もできたことだしね」

そう祈るように呟いたケネスがエリックから視線を外す。そして自らのパーティメンバーを集合させた。事前に、撤退を前提とした戦い方をするようにと伝えるために。

ほどなく第七波がやってきた。出現するモンスターに変わりはなかったが、その戦いは一変していた。

開始して間もなく、連携のミスから二名がブレスに飲まれ、そこからは一人、また一人と戦える者が減っていく絶望的な状況だった。

死んだからではなく、その多くが負傷による退場だったが、その傷はすぐに戦線復帰などできないほど重体であることに変わりはない。負傷者を運ぶ兵士の数が不足するほど加速度的に状況は悪化していった。

「右前方、ブレスだ！」

既に全体を観察し、警告を発する役目の兵士すらいなくなった戦場で、エリックが声を張り上げ続ける。その警告にもかかわらず、炎のブレスを避けきれずに片手を焼かれた兵士が地面にのたうちまわりながらあげる悲鳴を背中越しに聞き、エリックが舌打ちする。それはその兵士に対してのものではない。この絶望的な状況に対して、そしてそれを打開することのできない自らの不甲斐(ふがい)なさに対してのものだった。

ブレスを吐いたドラゴンパピーの脳天へと剣を突き刺して倒し、すぐに仲間を助けるためにエリックが駆ける。

まともに戦えている者など兵士の中にはほとんどいない。冒険者はまだマシだが、それでも半壊している。パーティ単位で機能しているのは『焔(ほうかい)』ぐらいなものだ。

しかし敵の勢いが弱まる様子はなく、完全崩壊の足音はすぐそばまでやってきているのをエリックは感じとっていた。

（俺が死ねば撤退できるとでも思ったのかもしれんが、すまんなケネス。俺の背中には大事な者がたくさんいるんだ。最後まで付き合って一体でも多くのドラゴンを屠（ほふ）ってくれ）

この状況でも余力を残すようにして戦うケネスへとちらりと視線をやりながら、エリックが小さく笑う。しかし思考が逸（そ）れたのはその一瞬のことで、エリックはすぐに戦いへと没頭していった。

人数が減り、一人で対応するモンスターの数が増えていく。返り血を避けることさえできず赤黒く全身を染めながら戦い続けるエリックの壮絶（そうぜつ）な姿は、普通の者が見れば恐怖を抱くようなものだ。

既にエリックにまともな意識などなく、訓練によって刻み込まれてきた無意識がその体を無理矢理に動かしているような状態だった。

既に何体屠ったのかわからないドラゴンパピーの炎のブレスを軽く腕の表面を焼かれながらも避け、そしてブレス中で身動きの取れないドラゴンパピーへとエリックが剣を突き刺す。そしてそれと同時に音が聞こえた。

パキッ

金属の折れる、終わりを告げる音が。

「エリック！」

自らの手に残った折れた剣を見つめ、背中越しにケネスのそんな叫び声を聞きながらエリックは久しぶりに意識を取り戻していた。

殺しきれなかったドラゴンパピーがそのブレスを自分へと向けようとするのを、エリックは引き延ばされたかのようなゆっくりとした時間の中で眺める。

(すまない、ジュリア。帰るという約束は守れそうにない。そして兄貴、ごめん。最後まで恩返しできなかったよ)

エリックが自らの折れた剣を見つめて微笑む。後悔しかないのに、穏やかな気持ちになっていることが不思議で、なぜかおかしかった。

そしてついに炎のブレスの熱がエリックの肌を焼き始めたその時だった。一陣の風がその戦場に吹いたのは。それは……

「俺の大切な弟になに手を出してくれてやがんだ。このクソドラゴンが」

そんなことを言いながらドラゴンパピーをステッキで地面に押し潰すクラウンの男、ネラの姿をしたアレンがエリックの目の前に突然現れたためだった。

ステッキによって押し潰され、半ばぐちゃぐちゃになったドラゴンパピーから視線を外し、涙をこぼすクラウンのマスクが周囲を確認する。地面に転がるモンスターを、そして今もなお動き続けるモンスターたちを。

「てめえら全部消えてなくなれや」

アレンが腰につけていた袋から次々と赤と青のボールを取り出し、その二つをくっつけては

モンスターに向かって投擲していく。

その見えないほどの速度で放たれた弾の勢いにモンスターたちが吹き飛ばされ、さらに破裂した弾の紫の液体を浴びてその体を溶かしながら悲鳴のような叫び声をあげる中、周囲に酸特有の独特な臭いが立ちこめる。

既に空を飛んでいるモンスターはいない。その全てが地面へと墜落し、その体表を溶かされながらもがいているからだ。

アレンが未だうごめくそれらをステッキで一突きして息の根を止めていく。アレンが登場してから全ての敵が殲滅されるまで、要した時間はほんの数分といったところだった。

これ以上敵が出てこないことを確認したアレンは急いでエリックのもとへと戻った。見た限りでは怪我や疲労などはあっても死の危険があるほどの傷はないと思ったのだが、それでも心配であることに変わりはなかった。

アレンがマジックバッグに手を入れ、ネラとして冒険する上でいざという時のために購入しておいた高級ポーションを取り出す。

「エリック、怪我は大丈夫か。とりあえずこれを飲め」

「兄貴?」

「……違うぞ。俺はネラだ。断じてお前の兄などではない」

思わずエリックの肩に手をかけ、小声で、静かに諭すような口調でアレンが、エリックの発言を否定する。そしてごまかすように半ば強引に持っていた高級ポーションの口をエリックの唇に押し当てると、そのまま有無を言わさず注いでいった。

さすが百万ゼニーもした高級ポーションだけあってその効果は抜群で、大小の傷口から流れ出ていた血は止まり、火傷も薄皮がぽろぽろと取れて新しい皮膚がその下に現れていた。その変化に一安心しながらも、アレンは別の意味で焦っていた。

（やべえ。完全に我を忘れてた。いや、だってエリックが殺されそうになってたんだから仕方ねえだろ！）

誰に対してかわからないそんな言い訳を考えるほどだ。

エリックを救けに行くと決めたアレンだったが、もちろんネラが自分であるということまで明かすつもりはなかった。エリックの立場上、ネラの正体を知ればそれを報告せざるを得ないとわかっているからだ。アレンがお願いすれば黙っていてくれるだろうとも思っていたが、そうすればいらぬ騒動に巻き込むことになる可能性が高いと考えたのだ。それならば何も知らない方がいいと判断してのことだった。

だが、エリックが殺されそうになっている場面を目の当たりにして、アレンは完全にキレてしまった。正体を隠すということは一気に瑣末事へと追いやられ、エリックを救ける、そしてそんなことをした奴らを殲滅する。その二つの意識しかなくなっていたのだ。

現れた段階で、「俺の大切な弟」なんて言っているのだからもはやごまかしようはない。さして大きな声ではなかったので、戦闘音に紛れてしまって他の者には聞こえなかったが、すぐそばにいたエリックには確実に聞かれているのだから。

ポーションを無理矢理飲まされながら、マスクで表情はわからないもののネラの左手が少し開いては閉じるを繰り返していることを確認したエリックが小さく笑う。それはアレンがなにか困って考え込んだときによくやる癖だった。

エリックは既に確信していた。ネラの正体がアレンであることを。なぜ、という疑問が消えることはなかったが、それでもそれはすんなりと腑に落ちた。

なにせエリックにとってアレンは昔からずっとあこがれの英雄だったからだ。

エリックは考える。何がもっとも最適な対応なのかを。そして……

「ありがとうございました。ネラ様。救援を感謝いたします」

「お、おう」

いきなりかしこまった言葉遣いで感謝の言葉を述べたエリックに少々戸惑いつつも、アレンが返事をする。そしてエリックが礼の姿勢を解き、言葉を続ける。

「ご迷惑ついでに、一つお願いがございます。ここで防衛に協力していただいていたイセリアという冒険者が、巨大なドラゴンに連れ去られました。おそらく伝説のエンシェントドラゴンだと思われますが、そのドラゴンからネラ様へ、強き者よ救けに来い、時間はあまりない、と」

「イセリアが？　ったくあの馬鹿」

「我々の力不足のせいで申し訳ありませんが救助をお願いできないでしょうか？」

苦虫を噛み潰したかのような顔でがしがしと頭をかいていたアレンに、エリックがそう依頼する。その顔は、成長し既に大人になっているにもかかわらず、子供の頃、わがままなどまず言わないエリックがどうしても何かを頼みたい時に見せた顔と、アレンには重なって見えた。

アレンのように冒険者として働きたいから、剣術道場に通わせてほしいと頼んだ時のように。

アレンはそんなことを懐かしく思い出し、表情をやわらかくしながら首を縦に振った。

「わかった。では救助に向かう」

「ご武運を」

そう二人は言葉を交わし、アレンは向きを変えて走り出そうと一歩踏み出したところでそれを止め、エリックに再び向き直った。そのことを不思議に思ったエリックに、マジックバッグへと手を入れてごそごそ探っていたアレンが、一振りの剣を取り出してエリックへと差し出す。

「やる。大事に使えよ」

ドラゴンパピーとの戦いで折れてしまったものとどことなく似た剣をエリックが受け取ったことを確認し、アレンは地面を蹴って走り出した。その姿は瞬く間に消えてしまう。

残された兵士や冒険者たちがぽかんとした表情でその消えた先を見つめる中、エリックは受け取った剣を鞘から抜いた。

すこし赤みがかったその刃には刃こぼれ一つなく、まるで新品同様であったが、新品の装備特有のどこか無機質な印象は受けなかった。それどころか温かみすら感じさせるその無骨で美しい姿にエリックが表情を緩める。

その姿は変わっているが、それがアレンの長年使い続けていた剣であることをエリックは見抜いたのだ。

「良い剣だね。もらったのかい？」

そう声をかけてきたケネスに、エリックはうなずいて笑う。

「ああ。大事に使え、だそうだ。英雄にもらった剣だ。大事に使わせてもらうさ」

「英雄か。変わり者にしか僕には見えないけどね。実力が桁違い（けたちが）なのは認めるけど」

「まあ、あの格好は俺もどうかと思うが、それでも英雄だろ」

少なくとも俺にとってはずっとな、そんな言葉を心の内に秘めつつ、エリックは崩壊（ほうかい）寸前でぎりぎり踏みとどまることができたことに安堵し、そして次の波へと備えるために態勢の立て直しと、救援要請（ようせい）を行うべく動き始めた。アレンから受け取ったその剣を腰に提（さ）げながら。

エリックから依頼されたイセリアの救助のため、アレンはドラゴンダンジョンの一階層の森の中をひた走っていた。しかし……

「くそっ、話に聞いていたより広いじゃねえか。本当にこっちでいいんだろうな」

アレンが悪態（あくたい）をつきながら周囲に視線を走らせる。

この入場制限のかかったドラゴンダンジョンには、もちろんアレンはこれまで入ったことがない。一応、昔世話になった勇者の卵のパーティの中での話で一から五階層までの大まかな様子や、罠が存在しないといった断片的な情報は得ているものの、自分の進んでいる道が本当に正しい道なのかすら判断できないのだ。

「しかしエンシェントドラゴンか。マジで伝説級のモンスターじゃねえか。ったく。なにやってんだ、イセリアは」

ライラックの街に生まれ、そして長い間冒険者として過ごしてきたアレンにしてもエンシェントドラゴンの目撃情報など一度も聞いたことがなかった。

ドラゴンダンジョンに入るために来たミスリル級やオリハルコン級といった半ば伝説の人物を目にすることもあり、その冒険者たちが倒したドラゴンについての噂が飛び交うこともあるライラックではあるが、それはせいぜい成竜までなのだから。

「エンシェントドラゴン、なんかで出てた気がするんだが何の話だったかな」

なんらかの物語で登場した記憶があったアレンが、それを思い出そうとして首を横に振る。少しでも何かの参考になるかと考えたのだが所詮は物語の中のことであり、下手に脚色などされていればその事前の誤った情報のせいで不覚をとりかねないと考え直したからだ。

アレンはその足に力を込めてさらに速度を上げる。

エリックやミスリル級の冒険者たちが手も足も出なかった相手なのだ。残り時間は少ない、ということは逆に言えば多少の猶予はあるということでもあるのだが、その基準はエンシェントドラゴン次第である。はっきりしているのは、刻一刻とイセリアの生存時間は短くなっているということだけだった。

その途中で前方にドラゴンパピーなどのモンスターの群れを発見したアレンが舌打ちする。まるで誰かの命令を受けるのを待つかのようにじっとしていたその群れは、アレンの姿を認めると一斉に動き始めた。

「スタンピードの準備ってか。わざわざ固まってくれていてありがとよ。アイスコフィン！」

魔法大全に書かれていた中級上位の水と土の複合魔法の名をアレンが唱える。通常であればモンスター一体を棺型の氷で固める魔法なのだが、アレンが全力で放ったそれは、その群れ全体を一つの氷の棺に閉じ込めて固めた。

気合いを入れすぎたせいで若干ふらつく頭をアレンは軽く振り、そして氷の棺を飛び越える。

「そのまま永遠に凍っていろ」

そんな捨て台詞を残し、アレンはイセリアを連れ去ったというエンシェントドラゴンが消えた二階層へと続く階段の方へと走っていく。

そしてしばらくして、アレンはついにエンシェントドラゴンの姿を視認した。というよりも少し前から見えていた青い小山がエンシェントドラゴンであることがわかったといった方が正しいかもしれない。

先ほどまでアレンが相手をしていたドラゴンパピーが蟻のごとき小さい存在に見えてしまうほどにその体軀は巨大で、そしてどこか気圧されるような雰囲気をまとっていた。

「あれ、どうやって戦うんだ？」

アレンが思わず走るのを止めてエンシェントドラゴンを見つめる。アレンに対して背中を向けて顔を下にしているため、背中の一部と尻尾しか見えていないほどの大きさなのだ。

アレンは長い冒険者生活の中でそれなりにモンスターと対峙してきた。その中には自分の体長をはるかに超える巨大なモンスターもいたことにはいたのだが、小山と見間違えるほど巨大なモンスターと戦った経験などあるはずなかった。

「モンスターっていうか、もはや動く山だよな」

そんなことを言いながらアレンは考えをめぐらせる。

現状、相手がアレンに気づいた様子はなく、さらに言えば背中を見せて無防備となれば絶好の攻撃のチャンスだ。切り札となる戦術級の魔法を使おうかともアレンは思ったのだが、戦術級の魔法を放てばとらわれているイセリアの生存は絶望的になる。それでは意味がないのだ。

「素直に斬り込むか？　いやいやいや、話が通じるみたいだし、話し合いで済めば一番だよな」

ぐるぐるとまとまらない思考をなんとか整理しようと、アレンは眉根にしわを寄せて考え、そして結論を出す。

実際、アレンの最終目標はエンシェントドラゴンを倒すということではなく、イセリアを救助することとなのだ。むしろ伝説の存在と戦って無事で済むはずがないのだから、なんとか対話を成功させてイセリアを解放してもらうというのが最も安全かつ確実。そう考えた。

しかしその考えを実行に移すため、アレンが動こうとしたその直前にそれは起こった。

「ウガァァァー!!」

耳をつんざくようなエンシェントドラゴンの叫びに、アレンは反射的に全ての思考を破棄してイセリアがいるであろうエンシェントドラゴンの正面に向かって走り始めた。エンシェントドラゴンの叫びはガッガガッ、と独特のリズムで続いており、それがアレンにはまるでイセリアの残り時間を刻んでいるかのように聞こえていた。

(くそっ、間に合えよ)

アレンの脳裏(のうり)に最悪の状況が浮かぶ。血だまりの中、まるで糸の切れたマリオネットのように倒れ伏すイセリアの姿が。そんな想像を振り切るようにアレンは全速力で走り、土埃(つちぼこり)をあげながらエンシェントドラゴンの正面へと回り込んだ。

そしてそこで見た光景にアレンは絶句し、固まる。

そこにはアレンの予想の通りイセリアがいた。それについては特に問題ではない。アレンを絶句させ、固まらせたその原因は……

「あら、ネラ様。どうなさったのですか?」

まるでピクニックでもしているかのように地面に敷物を敷き、その上に装備を全て外した状態でイセリアが座っていたからだ。しかもネラの姿を見てかけてきたその言葉には、死に対する恐怖どころか不安すら全く含まれていなかった。

「イ、イセリア。大丈夫か？」

　あまりにも想像の斜め上をいく光景だったが、なんとかアレンは言葉をしぼり出す。その言葉に少し首を傾げて考えるような仕草をしたイセリアだったが、パンと手を打って申し訳なさそうな顔で首を縦に振った。

「救助に来てくださったのですね。お手数をおかけしてしまい申し訳ありません」

「いや、それはどうでもいいんだが。なんだ、この状況？」

　イセリアの目の前にはエンシェントドラゴンの巨大な顔があるのだ。特に敵意などは感じられないが、その外見からだけでもこれまで感じたことのないほどのプレッシャーをアレンは受けていた。

　以前のアレンであれば失神していたかもしれないほどの、それほどのプレッシャーを。

「ふむ、こやつがイセリアの言っていた強き者か。面妖な格好をしておるのぅ」

「ほっとけ！　って違うんだ。敵意があるわけじゃないからな。誤解しないでくれ」

「くすくす」

　格好のことをエンシェントドラゴンに言われ、思わず突っ込み返したアレンがあわあわしながらフォローしようとする。その様子を見ながらイセリアは控えめに笑っていた。

その笑い声に、どうやら自分の想像した状況とはかなり違うようだと悟ったアレンは大きく息を吐き、そしてガシガシと頭をかきながらイセリアへと向き直る。

「で、どういう状況なんだ。エンシェントドラゴンにさらわれて命の危機だって聞いたから救けに来たんだが」

「合っていますよ。でもそれよりももっとすごいことがわかったのです」

嬉しそうな顔でそう返したイセリアが立ち上がり、エンシェントドラゴンの顔の前に立つ。

そして首を傾げながらその姿を見るアレンに、まるで紹介でもするかのように掌でエンシェントドラゴンを指しながらイセリアが口を開いた。

「なんと、このエンシェントドラゴン様は、かの有名なミズチ様なのです」

「ミズチ？　あれ、なんか聞いた覚えが……」

何か引っかかりを覚えるものの、一向に出てこず考え込むアレンに、イセリアが少し残念そうにしながら言葉を続けた。

「勇者アーティガルドの物語で勇者に試練を与えて、それを乗り越えたアーティガルドにその騎竜となるライルを遣わしたあのミズチ様ですよ」

「ああ、なるほど。どうりで聞き覚えが……はぁ!?」

驚きの声を上げ、エンシェントドラゴンとイセリアの間をせわしなく首を振って確認するアレンの姿に、エンシェントドラゴンのミズチは、耳をつんざく叫びのような声で笑い始める。

「ふむ、さすが道化。笑わせてくれるわ」

「……なに言ってるのか聞こえないけど、きっと違うからな」

愉快(ゆかい)そうに笑顔を見せるミズチとは裏腹(うらはら)に、目の前で爆音の笑い声を聞いたアレンは顔をしかめながらそんな返答をした。その横でちゃっかりと自分の耳をふさいでいたイセリアは、二人が会話を始めたのを見てその手を耳から離す。

しばらく「あー」と声を出したり、頭を振ったりして耳の調子を確かめていたアレンが、やっと元に戻ってきたことに安心してふぅ、と息を吐いた。そんなアレンの姿を見ながらイセリアは微笑んでいる。

「ミズチ様の笑い声は少し大きいですからね」

「ちゃっかり自分だけ耳をふさぎやがって。この裏切り者が」

「私も経験しましたから。それに別に裏切っていません」

笑顔のままふるふると首を横に振るイセリアに、少しジトッとした視線をアレンが向ける。ただ言っていることはわからないでもないのでそれ以上は追及しなかった。

しかし、とアレンは考える。

目の前にいる青い鱗をしたエンシェントドラゴンが勇者アーティガルドの物語に出てくるミズチだと言われたアレンではあるが、あまり実感が湧(わ)かなかったのだ。

勇者の騎竜であるライルについてはよく覚えているのだが、それを遣わした存在であるエンシェントドラゴンに名前なんてついていたっけという程度にしか、そのエンシェントドラゴンの出番は少なかった。

竜の谷の三つの試練と呼ばれる、騎竜ライルを手に入れる話は非常に有名でアレンも弟妹たちに何度も話したことがあった。ライルについてはその後もアーティガルドと共に魔王討伐で活躍する。物語の最後には勇者を魔王の一撃からかばい致命傷を負いながらもブレスを吐き、魔王がひるんだその隙にアーティガルドが剣を魔王の心臓へと突き立てるという、ある意味では魔王討伐の最大の立役者となる竜なので忘れることなどありえない。

しかしそのライルを遣わしたエンシェントドラゴンは竜の谷以降、一切出てこないのだ。そしてアレンが話す時もミズチという名前を使ったことがないと、改めて物語を思い出したアレンは確信する。それなのになぜ聞き覚えがあるのかは、アレンにはわからなかった。

「イセリア。俺も勇者の話は知っているんだが、エンシェントドラゴンの名前なんて出てこないと思うんだが」

「ああ、でしたらきっとネラ様が知っていらっしゃる話は子供向けに簡略化したものだと思います。勇者アーティガルドの話は有名である分、出版された年代や、その対象によってかなり内容が変わっているのです。聞き覚えがあったのは吟遊詩人などが語る物語ではミズチ様の名前も歌われるからではないでしょうか。元は一つの話なのに色々で面白いですよね」

「然り然り。あの泣き虫坊主が、さも英雄然と試練を乗り越えた風に書かれていると聞いて思わず笑ってしまったくらいだ」

アレンの疑問に求めていた以上の情報を加えながら嬉々とした様子でイセリアが答え、そしてそれにミズチが同意する。

とりあえず疑問は氷解したが、ひょっとしてイセリアは勇者アーティガルドのマニアなのではないかという新たな疑惑がアレンの中に生まれていた。さすがにこの場でそれを聞くような愚かなことをアレンはしなかったが。

「というかアーティガルドって泣き虫だったのか？」

「うむ、試練の最中にピーピー泣いて、仲間の聖女に尻を叩かれておったわ」

「聖女というと、後にアーティガルドが建てた国の王妃となるバージニア様ですね。はぁ〜、竜の谷だとバージニア様が仲間になった直後なのに、そんな頃からお互いをさらけだしていたなんて、素敵ですね」

うっとりとそんなことを言って頰を赤く染めるイセリアの様子を眺めながら、アレンは自分の中の勇者像が静かに崩れていくのを感じていた。遠い存在から、なんとなく親近感の湧く一人の男へと変わっていくのを感じ、アレンが苦笑する。

そんなことを話していたおかげか、だいぶ心が落ち着いたアレンはここに来た当初の目的を思い出した。

「まあそれは置いておいて、ミズチ様。俺がここに来たから目的は達成したってことでいいんですか？　弟も心配しているし、イセリアを連れて帰りたいんですが」

　なんとかこのまま穏便に済ませようとアレンがミズチへと問いかける。その言葉にイセリアの表情が非常に苦渋に満ちたものに変わったのを見て、その理由をある程度察しながらもアレンはそれを黙殺した。

　イセリアは伝説の存在ともっと話したいのかもしれないが、さすがにこれ以上スタンピードによる被害を増やすわけにはいかないからだ。最悪その中にはエリックが含まれているかもしれないのだから。

　アレンの申し出にミズチは小さくうなずいて返し、そして思い出したように口を開いた。

「ああ待て。道化の強者よ、試練を望むのであれば八十一階層以降にある竜の谷に来るがよい」

「道化の強者って……」

「試練！　もしかしてアーティガルドと同じように試練を受けられるのですか？」

「うむ。来るべき日に備え、強者を導くのが我ら竜の、そしてこのダンジョンの役目だからな。では伝えたぞ。いつか再び相見えんことを」

　そう言い放ち、ミズチがその体を起こして巨大な翼を広げる。そして空へと羽ばたき、その風圧に飛ばされそうになる二人を残してミズチはその姿を消した。まるで今までそこにいたことが幻であったかのように忽然と。

しばらくキョロキョロと周りを見回していたアレンだったが、ミズチの気配が全くなくなっていることを確認して、ふぅ、と小さく息を吐いた。

「無理矢理戦わされるとかじゃなくって良かったが……結局なにがしたかったんだ？」

「八十一層以降に竜の谷があって試練が受けられるってわかっただけでも歴史的な出来事ですよ」

「いや、そりゃまあそうかもしれんが……」

目をキラキラさせてイセリアがそう言うのもわからないではないのだが、命の危険を覚悟してやってきたアレンとしては、非常に拍子抜けな終わり方であることに変わりはなかった。

しかし既に当事者のミズチが姿を消していることから考えてもこれ以上何かが起こるとは考えづらい。そこまで思考をめぐらせたアレンの頭に一つの仮説が生まれる。

「もしかして今回のスタンピードって、俺をここに呼んで試練の話をするためだけに起こしたとかじゃねえよな？」

小さく口に出し、改めて自分の考えをアレンは整理する。

普通に考えればありえない、むしろ馬鹿馬鹿しいとさえ思える考えなのだが、実際にミズチと話し、そのスケールの大きさを実感したアレンにはその可能性を完全に否定することができなかった。

「どうかされましたか？」

「いや、なんでもねえよ」

呟いた言葉を聞き取れなかったらしく心配そうに聞いてきたイセリアに、アレンが首を横に振って答える。自分の馬鹿馬鹿しい仮説を振り払うように。

（やっと終わったんだ。とりあえず面倒そうなことは考えないようにしよう）

そう気持ちを切り替え、改めて自分を心配そうに見つめるイセリアに癒やされながらアレンは微笑む。張り詰めていた緊張の糸が、イセリアによってほぐされていくのをアレンは確かに感じていた。自らの内に浮かんできそうな感情をごまかすようにアレンがステッキをくるりと回し、やってきた方向へと向ける。

「さて帰るぞ。エリックも心配しているだろうしな」

「エリック様ですか。たしか兵士をまとめていた頼りになる隊長さんでしたよね。親しいのですか？」

「おう、自慢の弟だからな」

「……弟？」

「あっ！」

自らの失言に気づきアレンが固まる。そんなアレンをイセリアは真っ直ぐに見つめていた。

第七章　戦いの先に

アレンの活躍？　によりドラゴンダンジョンのスタンピードをダンジョン内で食い止めることに成功してから数日後、ライラックの街の中央にある領主の館の謁見室にはその戦いに参戦した者たちが集まっていた。

平伏する冒険者たちから数段高い場所にある椅子に座った領主であるナヴィーン・エル・ライラックが冒険者たちへ感謝の言葉を述べる。

そして代表としてその前に進み出たケネスが褒賞の書かれた目録を使用人から受け取った。ケネスが元の位置へと下がった後、使用人たちによって褒賞の書かれた目録が冒険者たちへと渡されていく。それらは事前に金銭やダンジョン産の武器など、いくつかの候補から冒険者たちが選んだものであった。

冒険者たちへの授与が終わり、使用人に促されて冒険者たちが謁見室から退室していく。ミスリル級の冒険者ともなれば貴族からの依頼を受けることも多く、ある程度慣れているため、その対応はスマートで何も問題は起きなかった。

もちろん全てのミスリル級以上の冒険者がそういった対応ができるわけではないし、そういったことに無頓着だが規格外の強さのために許されているといった例外もないではないのだが、幸いにも戦いに参加した冒険者たちに関しては常識的な者ばかりだった。

冒険者たちがいなくなり少しだけガランとした感じのする謁見室で、アレンはネラの格好をしながら、なんで俺はこんなところにいるんだろうな、と少し現実逃避気味に考えていた。

色々なことを考えた上でアレン自らが決断してやってきたわけなのだが、こういうかしこまった場に全く耐性のないアレンには少々ハードルが高すぎたのだ。

マスクで顔が隠れているためそんなアレンの感情を察する者はおらず、進行を告げる使用人により式は進んでいく。

「兵士長、エリック。前へ」

「ハッ！」

名前を呼ばれたエリックがきびきびとした仕草で前へと進んでいき、先ほどケネスが目録を授与されたのと同じ位置で立ち止まる。ミスリル級の冒険者たちよりも堂々としたその様に、そしてその腰に提げられた愛剣の姿にアレンの頬が思わず緩んだ。

エリックはその剣を引き抜くと、それを両手で持ち頭を垂れたままナヴィーンへと差し出す。そしてナヴィーンが受け取ったのを察すると、静かに膝をついた。

「スタンピードを防ぐ戦いにおいて、獅子奮迅の活躍をしたと聞く。その武勇、その功績に報いるため騎士に任じ、士爵の地位を与える。以後、エリック・ゼム・ファルクスを名乗り、民を守る盾となれ」

ナヴィーンが受け取った剣を立てるように構え、そしてそのうっすらと赤みを帯びたその刃をエリックの肩に置きながら騎士の叙勲を宣言する。そしてナヴィーンはその剣をエリックに向かって差し出し、それを受け取ったエリックが厳かに告げた。

「我が剣、我が命はライラックのために」

エリックは剣の柄へとキスをし、今ここに新たな騎士が誕生した。拍手や歓声といったものはないものの、それを見る騎士や兵士たちは柔らかな笑顔をしており、エリックを祝福する温かな雰囲気が謁見室に広がっていく。

そんな光景を眺めながら、アレンは緩みそうな涙腺を我慢するので精一杯になっていた。

（良かったな、エリック。このためにずっと頑張ってきたんだもんな）

駆け寄って褒めてやりたいという気持ちを押し殺し、アレンは必死に平静を装う。しかしそれはとても難しいことだった。

よちよちとアレンの後をついて歩く姿。

弟妹たちへアレンの代わりに本を読んでやっている姿。

アレンを助けるために冒険者になるといって剣術道場に通い懸命に剣を振る姿。

兵士になってから少ない自由時間を削ってまで家の様子を見に来て、まだ少ない俸給でお土産を買ってきて、アレンの感謝の言葉に、はにかんで笑った姿。

幼いころからのエリックとの思い出がアレンの頭を駆け巡っていた。

それに加えて愛しい妻であるジュリアに貴族籍を捨てさせてしまったことへのエリックの苦悩をアレンは十分すぎるほど理解していた。エリックが表に出したわけでも、悩みをアレンに打ち明けたわけでもないが、幼いころから見守ってきたアレンには全て筒抜けだったのだ。

もっともアレンにはどうしようもないことであったし、助けを求められたわけでもないので何もできなかったのだが、それでも心配はずっとしていたのだ。

貴族としては最低位である士爵ではあるが、その扱いは平民とは一線が画されている。貴族としての身分が保障されることに始まり、そこまで大きくはないが屋敷が与えられるし、騎士としての俸給に加えて、貴族として年金が入るのだ。

とはいえ貴族としての年金は屋敷の維持管理を行う使用人などを雇うことのできる程度の金額であり、そこまで大金とは言えないのであるが。

もちろんメリットだけでなく貴族になったことによるデメリットも存在する。戦争時の従軍義務などが代表的なものだが、ただそのデメリットは戦いに身を置く騎士にとってはあまり変わりないものであった。

つまり騎士に関しては圧倒的にメリットの方が上回るのだ。

逆に領主からしてみれば貴族が増えると、その支出は増えることになる。また代々続く貴族家の中には平民を貴族にするのを嫌う者も一定数いた。それでもなおエリックが士爵となることができたのは、今回のスタンピードを防いだという手柄が大きかったということもあるが、その実力の高さと日ごろのエリックの働きが文句のつけようのないものであったことの証左であったといえる。

万感の想いを抱くアレンが見守る中、アレンが譲った愛剣を鞘に納めてエリックが下がっていく。その途中一瞬だけアレンの方を見たエリックが、心配そうに視線を送ったのに気づいた者は誰もいなかった。

エリックは心配していた。ネラを招待したいというナヴィーンの命令に従い、アレンに今日のことをそれとなく伝えたのはエリック本人ではあるのだが、実際にネラとしてやってくるとは考えてもいなかったからだ。

もしかして、自分がその場で騎士として叙勲されることを伝えたせいではないか、そんな不安がエリックの胸の内に渦巻いていた。

そのエリックの推測は半分正解である。

騎士として叙勲されるなど一生に一度あるかどうかという晴れ舞台なのだ。しかも一般人には決して見られない類のものである。そんな弟の晴れ舞台を合法的に見ることができるというのは、アレンの中でもとても大きなウエイトを占めていた。

しかし、アレンがわざわざここにやってきたのはそれだけが理由ではなかった。

「英雄ネラ、前へ」

使用人が告げた予想外のその言葉に、内心ぐふっ、とダメージを負いながらもアレンが前へと進み出る。アレンが動いた瞬間、先ほどまでのお祝いムードが嘘であったかのように謁見室が緊張感に包まれた。

(おいおい、剣の柄に手がいきそうになってんじゃねえよ)

ナヴィーンの周囲を固める騎士の手がピクリと動いたことを視認したアレンが頬を引きつらせる。さすがにそれ以上は自制したようだが、アレンが不審な挙動を見せればどう行動するかは明らかだった。

(こんな状態で本当に大丈夫なんだろうな。なんか自信満々だったから信じちまったが、不安になってきたぞ)

アレンはこの場にいないイセリアに心の中で文句を言いながら進み、そしてケネスやエリックと同様の場所で立ち止まった。

誰かが漏らした安堵の息を聞きつつ、アレンは頭を垂れて片膝をつく。

「英雄ネラよ。貴殿の活躍によりライラックの街の平穏は保たれた。感謝する」

そう言って礼の姿勢をアレンへと向けたナヴィーンの姿に周囲の者たちがざわつく。頭を垂れているアレンにはその姿は見えなかったが、なにか面倒くさそうなことになっているのだけははっきりとわかった。

「褒美はできうる限り貴殿の望みのままにこちらは応えるつもりだったのだが……本当に良いのだな？」

その突然の問いかけにアレンが動揺する。

（膝をついて待っていれば終わるんじゃねえのかよ）

事前に聞いていた話と食い違っていたからだ。どうすれば良いか考えているとアレンの周りに気まずい沈黙と共に不穏な空気が広がっていく。そのことを察したアレンは意を決し、その首を小さく縦に振った。その返事にナヴィーンはほんの少しだけその頬を緩める。

「わかった。我が領民の願い、確かに叶えよう。どこかになくしたという市民証は冒険者ギルドを通じて必ず届けさせる」

その言葉に、なんとか当初のもくろみ通りに行きそうだとアレンはこっそりと胸を撫で下ろしたのだった。

ドラゴンダンジョンのスタンピード防衛成功の立役者たちへの褒美の授与も終わり、ライラックの街の領主であるナヴィーンは自らの執務室へと向かっていた。

ケネスを始めとする冒険者たちに支払った褒美には決して少なくない金額がかかっているが、それでも街に被害の出た前回と比べればその額は少ないといえる。

なにより一番の功労者であるアレンへの褒美が金銭などではなく、しかもナヴィーンの裁量である程度はどうにかなるものであったということもその要因の一つといえよう。

執務室へとたどり着いたナヴィーンが護衛の騎士を部屋の前に残し、一人で中へと入っていく。机の上に整然と積まれた先のスタンピードに関する書類の山に少しだけ顔をしかめ、そしてナヴィーンは視線をその手前のソファーにかけてゆったりと紅茶を飲んでいる人物へと向けた。

ナヴィーンが入ってきたことに気づいたその人物は手に持っていたカップをゆっくりと机に置くと、ナヴィーンに対してやわらかく微笑む。

「お帰りなさいませ、ナヴおじさま」

「君にそう言われると、私も年をとったと実感するな」

「ふふっ。それでどうでしたか？」

「ああ。万事、君の思惑どおりに終わった。助言に感謝するよ、イセリア」

ころころと笑うイセリアの対面のソファーへと腰を下ろしながら、ナヴィーンが褒美の授与に関して簡単に伝える。

護衛どころか一人の使用人さえいない状況で疲れた体を休めるようにソファーへと腰を沈めるナヴィーンの姿からは、イセリアに対する信頼がうかがえた。そんなナヴィーンにイセリアが手ずから紅茶をカップへと注いでいく。その自然な仕草に、ピクリとナヴィーンのまぶたが動いた。

「慣れているな」

「ええ。美味しい紅茶には魔法がかかっているのだと、親切なお方が教えてくださいましたので頑張って覚えました」

そう言ってナヴィーンを意味ありげに見ながらクスクスとイセリアが笑う。そんなイセリアに苦笑を返しながらナヴィーンは紅茶を口に含んだ。

淹れてから時間が経過しているためか多少味は落ちているようだったが、イセリアが淹れたその味はナヴィーンに昔を思い起こさせた。外界から隔離された小さな箱庭の中で使用人たちに囲まれ、何も知らず、だが幸せそうに暮らしていた頃の幼いイセリアの姿を。

「イセリア、王都で何があった？　なぜ君が一人でここにいる？」

ナヴィーンがイセリアと再会してからずっと気になっていたことをずばりと聞く。その質問に静かに微笑んだイセリアの姿は、幼いころの面影を確かに残しながらもそのころにはなかった影をナヴィーンに感じさせた。

そしてゆっくりと、イセリアが口を開く。

「第二王子のシャロリック殿下に……」

「わかった。それ以上は聞かないことにしよう」

「ふふっ、相変わらず判断がお早いですね」

自分が聞くべき話ではないと即座に判断したナヴィーンがイセリアの話を強引に止める。イセリアはその姿に少しだけ笑みを深め、それ以上は何も言わなかった。

しばらくの間沈黙が続き、二人がゆったりと紅茶を飲むわずかな音だけが部屋に響く。内心の苛立ちを表面に出さずに平然と過ごしながら、ナヴィーンは断片的に得た情報から状況を整理していた。

イセリアが口にしたシャロリックとはライラックのあるエリアルド王国の第二王子の名前だ。王妃ではなく側室の子であるが、その側室も侯爵家の出身であり正式に王家の血筋として認められている王位継承権第二位の人物である。そしてなによりその者は王家で唯一の勇者の卵であり、王都の騎士団の一部隊を率いる団長の一人としてなかなかの人気を誇る人物でもあった。

しかしそれはあくまで表向きの話だ。実際、王家の血を引く勇者の卵は一人ではない。なぜならナヴィーンの目の前にいるイセリアこそまさしくその人物だからだ。

王が手を出したメイドが身籠もり、そして生まれたのがイセリアだった。貴族としては末端の士爵家出身であったため、慣例により王の子を身籠もったメイドはある程度の金額を渡されて実家へと戻った。

誰の子供かということを口外しないことを条件に、恩給名義で子供の養育費としては十分以上の金額がずっと支払われ、父親はいないものの母娘でなに不自由なく暮らしていくことができる。そのはずだった。

しかし運命は残酷だった。生まれてきたイセリアは勇者の卵、しかも最大レベルが九百九十九というかつてない可能性を秘めていたのだ。

そして母娘は引き離された。イセリアは王宮内の誰も近づかない離れへと半ば幽閉のような形で育てられることになったのだ。もちろん幼いイセリアにそんな意識はない。その小さな箱庭こそイセリアの世界の全てだったからだ。

余人に知られることなく、有事の際には都合よく扱える駒の一つとしようという何者かの思惑がそこにあったとしても。

それなりに思考が整理されたことで、ふと疑問がナヴィーンの中で湧き上がる。イセリアが放逐された原因についてはある程度察しがついたのだが、それに真っ先に対抗するであろう人物がいることをナヴィーンは知っていたからだ。

ナヴィーンがイセリアと出会うきっかけになったその人は……

「メルキゼレム導師はどうしている？」

「おじい様は宮廷でのお仕事もありますし王都に残られました。箱庭を抜け出る良い機会だと考えよ。まずはライラックに向かいナヴィーンを頼るといい、と」

メルキゼレムという名を聞き表情を和らげながらそう言ったイセリアの言葉に、ナヴィーンは長年の疑問が氷解するのを感じていた。

メルキゼレムは王宮筆頭魔術師という、この国の魔法使いの頂点に長年君臨する半ば伝説の人物だ。この国でも有数の豊かさを誇るライラック伯爵家の息子とは言え、普通であれば相手にされるようなことはないはずなのだ。

しかしメルキゼレムはナヴィーンに声をかけ、そしてイセリアへと引き合わせ、その出生の秘密を暴露した。なぜそんなことをしたのか、それがずっとナヴィーンの心に残っていたのだ。

その答えが目の前の状況というわけだった。いったいいつからこのようなことが起こりえると想像して手を打っていたのか、改めてメルキゼレムの深慮に恐れを抱きつつも、そんな人物が信用に足ると自分について認めた事実にナヴィーンは口元が緩むのを感じていた。

その口元を隠していたカップを置き、そしてゆっくりとナヴィーンがイセリアを見つめる。

「頼られる前に、助けられてしまったがな」

「たまたまです。それに私は勇者の卵ですから」

その言葉に、きらきらとした瞳で勇者アーティガルドの話をせがんできた幼い日のイセリアの姿をナヴィーンは思い出す。思わずその時のように彼女の頭へと手が伸びそうになるのをごまかし、ナヴィーンはこほんと一つ咳をした。

「ところで本当にネラに領民権を与えるだけで良かったのか？　その功績から考えればそれなりの爵位や褒美を用意することもできたのだが」

「はい。ネラ様は自由に生きたいというのが望みで、地位やお金に執着はありませんから。むしろ下手なことをして縛ろうとすれば逃げてしまいます。こっそりと後ろ盾になってあげるくらいが丁度良い関係だと思います」

「そうか。英雄に逃げられるのは困るな」

自信満々なイセリアの言葉に、ナヴィーンが苦笑しながら返す。

ネラという正体不明の存在の調査を命じていたナヴィーンであったが、それはただ単に不穏分子であるかの確認のためというわけではなかった。そういった存在は、存在していること自体を隠すのが普通なのに、ネラの行動は目立ちすぎていたからだ。

むしろ調査の主な目的は、ネラをどうにかして取り込むことができないかというものだった。

ネラがギルドへと販売を委託（いたく）したオーガキングの魔石は全て領主であるナヴィーンが手に入れていた。オーガキングほど強いモンスターの魔石が出回ることなどそうそうなく、それを譲ることを条件にいくつかの面倒な交渉（こうしょう）をまとめることに成功していたのだ。

もしネラを手中に収めることができれば、その利用価値は計り知れないとナヴィーンは判断していた。

無理矢理にでも繋（つな）がりをつくるべきか、と画策（かくさく）していたナヴィーンを止めたのはスタンピード防衛の立役者としてやってきたイセリアだった。そして彼女の言葉に従いある程度良好な関係を築くことにナヴィーンは成功したのだ。

ネラが自らの領地の民となるという確かな繋がりを。

「では、私はそろそろ行きますね。ナヴおじさまも無理をなさいませんように」

そう言って立ち上がり、ちらりと執務机の上に溜（た）まった書類へと視線をやったイセリアに、ナヴィーンが「ああ」と返す。

何も知らない無邪気な少女ではなく、一人の人間として確かな意思を感じさせるまでに成長したその後ろ姿に向けてナヴィーンは声をかけた。

「イセリア、君はネラの正体を知っているのか？」

その言葉に立ち止まったイセリアがくるりと振り返って、満面の笑みを浮かべながらナヴィーンを見返す。

「いいえ、全く。私にとってネラ様はネラ様ですから」

そう言い残してイセリアは執務室から出ていった。

しばらくの間その扉を見つめていたナヴィーンが視線を外し、自らの執務机を眺める。そしてナヴィーンは大きなため息を吐いたのだった。


ドラゴンダンジョンのスタンピードが収束し、そしてアレンの生活は一変していた。というのも……

「くっそー、あのギルド長。小っさいことを根に持ちやがって。結局被害も出なかったし自分の首も飛ばなかったんだからさっさと忘れろや」

ぐちぐちと文句を言いながらも三頭で囲むように襲ってきたアッシュウルフをアレンが斬り捨てる。

「おぉー、鮮やかな手並みだな。さすが元鉄級冒険者」

「元って言うな、元って！」

「いや、だって元だろ。それとも元ギルド職員の方がいいか？」

「置いてくぞ、ニック」

　ここはライラックのダンジョンの八階層。アレンの後ろにはからかうように言葉をかけてきたニックを始めアレンの見覚えのある者が数名ついて来ていた。それは養護院の修復を手伝ってくれたニックの同僚の職人たちだった。最初はダンジョン内独特の雰囲気に脅えていた彼らだったが、アレンとニックの普段どおりのやり取りに今はだいぶその緊張は消え、笑う余裕すら出てきていた。

「ほれっ、二人ともさっさと行かんか。こっちはぱっぱと依頼をこなしてもっとレベルを上げんといかんのだぞ」

　まだ言い合いを続けようとしている二人に対して、最後尾を歩いていたドワーフのドルバンがぴしゃりと叱りつける。全身を金属製の鎧に包み、自分の背丈より長いポールアックスを構えた姿は、はっきり言ってアレンよりもはるかにベテランの雰囲気を醸し出していた。

「うん、やっぱ師匠が冒険者って違和感すげえな」

「と言うか、あの人って鍛冶師なんだよな。それにしては……」

　その時、ちょうど頭上から襲いかかってきた麻痺毒を持つパラスパイダーをドルバンがなんてことなさそうに一閃する。麻痺毒が撒き散らされないように片足だけを切り落としたドルバンによって方向を変えられ、無様にも地面に落ちたパラスパイダーがそのままポールアックスによって叩き潰される。

鮮やかな手並みを見せたドルバンだったが、それを特に誇るようなこともなくポールアックスについた体液をぼろ布で軽くぬぐいながら歩き続ける。

「あれ、鍛冶師じゃねえだろ」

「昔、鍛冶師なら自分の造る武器を一通り扱えてやっと一人前とか言ってたぞ」

「ドワーフの鍛冶師、半端ねえな」

「おい、足が止まっとるぞ！」

「「はい!!」」

こそこそと話をしていたアレンとニックに、再びドルバンから叱責が飛ぶ。その中に明確な怒りが含まれていることを察した二人はまるで鏡に映っているかのように同じ仕草で背を伸ばしながら返事をし、そして目的の九階層に向けて少し早足で歩き始めた。

「ってことがあったわけだよ」

「ふふっ、大変だったみたいね」

ライラックのダンジョンにてドルバンとパーティを組んで行った、ニックを始めとする職人たちのパワーレベリングの依頼についてアレンがマチルダに愚痴を言いながら報告を終える。

　本来ならここはスライムダンジョンのレベルアップの罠の受付ではあるのだが、常時申し込む人がいるわけでもないので通常の依頼についても報告することは可能なのだ。冒険者の中でも知っている者はそこまで多くないが。

　アレンの愚痴をニコニコと笑顔で聞いていたマチルダが、他のギルド職員から渡された依頼報酬の入った袋をアレンの目の前に置く。

「はい、報酬の二万ゼニー」

「やっぱおかしいだろ。この金額！」

　依頼書通りの金額ではあるのだが、それは朝から夜まで一日拘束された上に、ライラックのダンジョンの九階層まで素人を連れていくという仕事に見合った金額ではない。そのことを十分に知っているアレンは思わず声をあげた。しかも二万ゼニーはアレンとドルバンの二人に対する報酬金額なのだ。実質は今日一日働いて一万ゼニーしかアレンは得ていない。

「木級の冒険者としては普通か少し上くらいね」

「わかってて言ってるだろ。なんでこんな依頼が木級に振られるんだよ。しかも自分で選んだわけじゃなくて半強制だぞ、半強制。あのハゲ……」

「言葉を続けたまえ。ハゲがどうかしたのかね。いやはや、木級としては十分な報酬を得ているはずなのに受付で文句を言う元気があるとは……まだまだ特別な依頼を受けたいという、私に対するアピールかね？」

　にこやかな笑みの裏でプレッシャーを放つ黒い影を背負いながら、冒険者ギルドのギルド長であるオルランドが二人の会話に割り込む。アレンは引きつった笑みを浮かべ、マチルダがオルランドに見えないようにあちゃー、と顔を一瞬しかめる。

　しかしさすがに経験豊富なマチルダは、自らに被害が及ばないようにさっと普段どおりの顔に戻った。その様子を目の当たりにしたアレンが裏切り者という目でマチルダを見つめるが、そ知らぬ顔で彼女はやりすごす。

「いやいや、木級は木級らしい仕事を、って話してただけですって」

「ふむ。ならば薬草採取の依頼があったな。確か依頼人が品質にこだわりを持っていて採取方法から鮮度の指定までされているものが。マチルダ君」

「はい、こちらの依頼ですね」

「マチルダー！」

　さっと、該当の依頼書を取り出したマチルダに、思わずアレンが声を上げる。そんなアレンに対して、マチルダは真剣な表情で胸の前で腕を組み、そしてキラキラとした瞳でアレンに告げた。

「アレン、あなたならできるわ。私、あなたを信じているもの」

「お前、自分に被害が及ばないようにって考えてるだけだろ！」

「さて、期限は一週間だ。満足のいく薬草を得られると良いな。失敗すればランクアップが遠のくだけだ。気にするな」

「気にするわ！　くっそー、覚えてやがれよ」

依頼書をひったくるようにして出て行ったアレンをオルランドとマチルダは見送り、そして互いに顔を見合わせて笑う。若干、マチルダの笑顔は引きつっていたかもしれないが。


数週間後、ドラゴンダンジョンの三階層にネラの姿をしたアレンと共にいたのは……

「ネラ様。なんだか疲れていらっしゃるようですが」

「おう。ちょっとギルドの依頼で色々あってな」

マスクで表情は見えないはずなのにそれを察したイセリアが心配そうにアレンを見つめる。既にこの階層のマッピングについては終えているため、そこまで警戒する必要はないのだが、心配するせいで注意力が散漫になっては意味がないと、アレンは息を吐き少し気合いを入れなおした。

「冒険者の心得、ダンジョン内では油断するな。まあ心配かけた俺が言うことじゃねえけどな」

「いえ、勉強になります」

アレンとイセリアがそんな言葉を交わしながらダンジョンを進んでいく。

アレンの秘密を守る見返りとしてイセリアが求めた冒険者としての常識を教える、その約束

を果たすために。正体をばらされるのはまずい、ということも確かなのだが、実はアレンには別の思惑もあった。

（もっと奥に進むとなったらどっちにしろ一人じゃ無理だしな）

いつか自分の実力に見合った階層へと行けるように。その時の相棒（あいぼう）候補として、申し分ないポテンシャルを秘めたイセリアという存在を育てようと。

「どうかしましたか？」

「いや、なんでも」

目ざとく視線に気づいたイセリアの言葉にアレンが首を横に振って応（こた）える。イセリアは少しだけ首を傾（かし）げ、そして得心（とくしん）したように首を縦に振るとニコリと笑った。

「いつか竜の試練を受けに行きましょうね」

良い笑顔でそんなことを言うイセリアに向かって、アレンはマスクの下で満面の笑みを浮かべながら返した。

「ぜってー、嫌だ」

アレンの楽しい二重生活は始まったばかりだ。

あとがき

作者のジルコです。

このたびはこの本を手にとっていただきありがとうございます。

この後書きを読んでくださっているということは、本編を読んだ上だと……まさか後書きから先に読んでいらっしゃる方はいませんよね？

後書きを先に読むという背徳的な行為をする人なんて極少数だと思いますが、どうでしょうか？

書いておいてなんですが、私は後書きから読む主義です。ということもあり、この後書きは本編のネタバレを含まないものとなっております。そういうものを期待していた方は申し訳ありません。

では、さっそく後書きの本編に入りましょう。

幾多の後書きを読んできた私ならきっとすばらしい後書きが……とか考えていたのですが、実際に書くとなると何が正解なのか迷ってしまいました。

この本を手に取っていただいているあなた、書籍化を担当してくれた編集の方、素晴らしいイラストを描いていただいた森沢様、そしてずっと応援してくださった読者の方々。

皆様に対する感謝は言葉に尽くせないほどです。他の多くの作者様もそれらのことを後書きに書いていますし、それが王道だとわかっているのですが、なんというか私の中に流れる大阪人の血が騒いでしまうのですよね。

ほんま、それでええんか？　って。

まあ、両親はどちらも関西出身ではありませんが、きっと祖先をさかのぼれば誰かしら大阪人がいることでしょう。知らんけど。

あっ、立ち読みの方。そっと本を置いて帰ろうとしないでください。物語の内容は私の頭のおかしさとは関係ありません。

苦労性のアラサー主人公が大きな力を手に入れた後の物語を真面目に書いております。しかも森沢様の素敵なイラスト付きです。それだけでも一見の価値ありですよ！

うーん。ダメですね。どうしてもまともな後書きが書けません。私の厄介で、適当な性格の一端はお知らせできたのかなと思いますが。

なにせ、ペンネームのジルコという名前は、その時食べていた地域名産のお菓子からとったくらい適当ですしね。ちなみにアイスになったこともある私の地元では有名なお菓子です。

もし該当のお菓子がわかったら、集英社ダッシュエックス文庫宛に答えを……送ってもきっと何もありませんが、いつかそのお菓子の名前をキーワードにしてなにかできたら面白いかもしれませんね。

さて、馬鹿な話はここまでにして、最後くらいは真面目に締めさせていただきます。

この物語にかかわってくださった皆様、本当にありがとうございました。そして今、幾多の本の中からこの本を手に取っていただいたあなた、本当にありがとうございます。

あなたの素敵な読書ライフの一端を担えたのなら幸いです。

ジルコ

この作品の感想をお寄せください。

あて先　〒101-8050　東京都千代田区一ツ橋2-5-10
集英社　ダッシュエックス文庫編集部　気付
ジルコ先生　森沢晴行先生

ダッシュエックス文庫

レベルダウンの罠から始まるアラサー男の万能生活

ジルコ

2022年2月28日　第1刷発行

★定価はカバーに表示してあります

発行者　瓶子吉久
発行所　株式会社　集英社
〒101−8050　東京都千代田区一ツ橋2−5−10
03(3230)6229(編集)
03(3230)6393(販売/書店専用) 03(3230)6080(読者係)
印刷所　大日本印刷株式会社

ISBN978-4-08-631457-2 C0193